光文社文庫

毒蜜 裏始末
決定版

南　英男

KOBUNSHA

JN031678

光　文　社

この作品は、二〇〇五年一月に刊行された『毒蜜　裏始末』に著者が大幅加筆修正したものです。

この物語はフィクションであり、登場する人物名および団体名、事件名などは実在するものと一切関係ありません。

目次

毒蜜　裏始末

第一章　美人弁護士の行方

1

乳首を口に含む。

淡紅色の蕾《つぼみ》は硬く痼《しこ》っていた。やや小振りだ。

多門剛《たもんごう》は、愛らしい乳頭を吸いつけた。華奈《かな》がなまめかしく呻《うめ》き、背を反《そ》らす。均斉《きんせい》のとれた白い裸身が眩《まばゆ》い。

港区高輪《みなとくたかなわ》にあるシティホテルの一室だ。

九月上旬の夜である。十一時を回ったばかりだった。まだ残暑が厳しい。

室内は、ほどよく冷房が効《き》いていた。

二人がダブルベッドで肌を重ねたのは十数分前だ。どちらも一糸もまとっていない。

二十九歳の朝倉《あさくら》華奈は弁護士である。知的な面差《おもざ》しだが、妖艶《ようえん》さも漂《ただよ》わせている。中肉中背だ。肌は抜けるように白い。

華奈は三年前の夏、新婚早々の夫を飛行機事故で喪《うしな》った。結婚生活は、わずか五カ月だった。未亡人になってから、華奈は新橋《しんばし》にある時任《ときとう》法律事務所で働いている。いわゆるローファームの居候《いそうろう》弁護士のひとりだ。

ろくでなしの自分が美人弁護士と親密になれたことが信じられない。多門は、夢を見ているような気持ちだった。

華奈と知り合ったのは、およそ十カ月前だ。出会いは少しばかりドラマチックだった。早歩きしていた多門は六本木《ろっぽんぎ》の舗道で、前方から歩いてきた華奈をまともに弾《はじ》き飛ばしてしまった。

華奈は尻餅《しりもち》をつき、落としたハンドバッグは通行人に踏み潰《つぶ》された。多門は平謝りに謝り、すぐに華奈を引き起こした。華奈は留金《とめがね》の壊れたハンドバッグを拾い上げ、肩を竦《すく》めた。

多門は弁償する気になった。

しかし、あいにく近くに鞄屋《かばんや》は見当たらなかった。やむなく多門は、札入れから十枚の万札を抓《つま》み出した。

すると、華奈は首を横に振った。一拍置いて彼女はカクテルを一杯奢《おご》ってくれれば、それでかまわないと真顔《まがお》で言った。成り行きで、多門は馴染《なじ》みのカクテルバーに華奈を案内した。ギムレットを三杯たてつづけに飲むと、華奈は急に涙ぐんだ。多門は困惑した。どうすればいいのか。

華奈は慌《あわ》ててハンカチで目頭を押さえ、自分の職業を明かした。さらにその日、担当していた刑事事件で敗訴したことも喋《しやべ》った。それで、つい悔《くや》し涙を流してしまったらしい。負けず嫌いな女性は、たいてい情《じよう》が濃《こま》やかだ。多門は華奈に興味を持ち、プライベート用の名刺を手渡した。華奈も自分の名刺を差し出した。

数日後、多門は美しい弁護士を食事に誘った。華奈はあっさりと誘いに応じた。

二人はデートを重ね、二カ月後に男と女の関係になった。未亡人といっても、華奈はどこか初々《ういうい》しかった。それ以来、二人は週に一、二度、逢瀬《おうせ》を愉《たの》しんでいる。しかし、他人の目には似合いのカップルとは映《うつ》らないだろう。

三十八歳の多門は、雲を衝《つ》くばかりの大男である。身長百九十八センチで、体重は九十一キロだ。

筋肉質の体軀《たいく》は逞《たくま》しい。厚い肩と胸は、アメリカンフットボールのプロテクター並である。二の腕は、ハムの塊《かたまり》よりも何倍も太い。

ごっつい両手は野球のグローブを連想させる。手指はバナナほどの大きさだった。足のサイズは三十センチもある。色が浅黒く、体毛も濃い。そんな体型から、〝熊〟という綽名《あだな》がついていた。〝暴《あば》れ熊〟と呼ぶ者もいる。

レスラー顔負けの巨漢は他人に威圧感を与える。現に道を歩いているだけで、擦《す》れ違う人々が左右に散ることが多かった。

しかし、顔そのものは決して厳《いか》つくない。

やや面長《おもなが》な童顔だ。やんちゃ坊主がそのまま大人になったような顔立ちである。笑うと、太くて黒々とした眉が極端に下がる。きっとした奥二重《ぶたえ》の両眼からも凄《すご》みが消え、なんとも愛嬌《あいきょう》のある表情になる。

その笑顔が母性本能を掻《か》き立てるのか、多門は異性に好かれる。

彼自身も無類《むるい》の女好きだった。ベッドを共にしてくれる女友達は常に十人はいる。いずれも気立てがよく、色気のある美人だ。

多門は、ただの好色漢ではない。

あらゆる女性を観音《かんのん》さまのように崇《あが》めている。老若《ろうにゃく》や美醜《びしゅう》には関わりなく、すべての異性を等しく慈《いつく》しんでいた。ことに惚《ほ》れた相手には、物心両面で献身的に尽《つ》くす。それが多門の歓《よろこ》びであり、生き甲斐《がい》でもあった。

また、華奈が切なげに喘《あえ》いだ。

多門は舌の先で乳首を転がしながら、右手で華奈の艶《つや》やかな飾り毛をまさぐった。絹糸のような手触りだ。ぷっくりとした恥丘は、わずかに湯の湿りを帯びている。

「好きよ」

華奈が喘ぎ喘ぎに言った。男の何かをそそるような嫋々《じょうじょう》たる声だった。

多門は逆三角形に繁った和毛《にこげ》をひとしきり優しく梳《す》き、感じやすい突起に触《ふ》れた。ほとんど同時に、華奈が身を揉《も》んだ。

多門は、陰核《クリトリス》を二本の指で揉みほぐすように愛撫した。

華奈の呼吸が乱れる。喘ぎ声は、じきに淫《みだ》らな呻《うめ》き声に変わった。

多門は頃合を計《はか》って、合わせ目を下から指で捌《さば》いた。

指先が熱い潤《うる》みで濡れた。多門は唇をさまよわせはじめた。乳房の裾野《すその》を軽くついばみ、脇腹や腋《わき》の下に口唇を滑らせる。

「わたしも、あなたに触れたいわ」

華奈が恥じらいを含んだ声で言い、片腕を伸ばしてきた。

多門は少し腰を浮かせた。華奈が多門の分身を握り込む。とうに欲望は息吹《いぶ》き、雄々《おお》しく猛《たけ》っていた。

多門は襞《ひだ》の奥に指を浅く沈めた。

そのとたん、潤《うる》みがあふれた。夥《おびただ》しい量だった。

多門は赤い輝きを放つ部分に愛液を塗り拡《ひろ》げ、フィンガーテクニックを駆使《くし》した。

ほんの数分で、華奈は最初の極《きわ》みに駆《か》け昇った。圧《お》し殺した愉悦《ゆえつ》の声が室内に響き渡る。

華奈は裸身をリズミカルに硬直させながら、唸《うな》りに似た声を洩《も》らしつづけた。すぼめた内腿《うちもも》には力が込められていた。

多門は添い寝をする形をとった。華奈の股《また》を抉《こ》じあけ、ふたたび指を閃《ひらめ》かせはじめる。

やがて、華奈は二度目の極みに達した。今度は憚《はばか》りのない声を迸《ほとばし》らせた。それだけ快感が深かったのだろう。

「わたしだけ乱れちゃって、なんだか恥ずかしいわ」

「いいさ。おれも、後《あと》でたっぷり娯《たの》しませてもらうから。一息入れよう」

多門は指を引き抜き、仰向《あおむ》けになった。

華奈がむっくりと上体を起こした。胸の波動はだいぶ小さくなっていた。華奈はせっかちに多門の股の間にうずくまり、ペニスに柔らかな唇を被《かぶ》せた。生温かい舌が心地よい。

多門は目をつぶった。

華奈の舌が乱舞しはじめた。多門は急激に昂《たか》まった。いまにも蕩《とろ》けそうだ。華奈がディープスロートに移った。

「ちょっと待ってけれ。ずっとそげなことされたら、おれ、弾《はじ》けてすまう。もう勘弁してくんなませ！」

思わず多門は、故郷の岩手弁で口走った。

極度に興奮すると、きまって方言を洩らしてしまう。情事のときだけではなく、喧嘩《けんか》の場合も同じだった。

華奈は多門の言葉を無視して、口唇愛撫に耽《ふけ》った。

多門は舌技を披露してから、正常位で体を繋《つな》いだ。六、七度浅く突き、一気に奥まで分け入る。好みのリズムパターンだった。

多門は両肘《りょうひじ》で巨体を支え、ダイナミックな抽送《ちゆうそう》を加えはじめた。

突き、捻《ひね》り、また突く。華奈も控え目に迎え腰を使った。何分か過ぎたとき、不意に華奈が高波にさらわれた。悦《よろこ》びの声は長く尾を曳《ひ》いた。どこかジャズのスキャットめいていた。

多門は煽《あお》られ、さらに律動《りつどう》を速めた。

ほどなく背筋が立った。甘やかな痺《しび》れを伴った快感が腰から脳天まで駆け上がり、一気に爆《は》ぜた。射精感は鋭かった。ほんの一瞬だったが、頭の中が白く霞《かす》んだ。

華奈の体は断続的に緊縮を繰り返している。襞《ひだ》の群れがまとわりついて離れない。

「最高だったよ」

多門は華奈の上瞼《うわまぶた》にそっと唇を押し当てた。

二人は交わったまま、余韻《よいん》に身を委《ゆだ》ねた。

数分後、ペニスが萎《しぼ》んだ。多門は片腕を伸ばし、ティッシュペーパーを五、六枚抜き取った。紙の束《たば》を華奈の股間に宛てがってから、自分の体を拭《ぬぐ》う。

華奈が多門の肩に頬擦《ほおず》りした。いかにも愛《いと》おしげだ。

多門も同じ気持ちだった。彼の素顔は、裏社会専門の始末屋だ。そのことは華奈も知っている。

世の中には、表沙汰《おもてざた》にはできない悩みや揉め事が少なくない。

多門は体を張って、さまざまなトラブルを処理していた。言ってみれば、交渉人《ネゴシエーター》を兼ねた揉め事請負人《トラブルシューター》である。

裏稼業は常に死と背中合わせだ。殺されそうになったことは数え切れない。

それでも多門は、ただの一度も怯《ひる》んだことはなかった。それなりの腕力があり、度胸も据《す》わっていた。

多門は中堅私大を卒業した後、四年ほど陸上自衛隊第一空挺団に属していた。

白兵戦《はくへいせん》の訓練をみっちりと受け、射撃術は上級の腕前だった。そのまま順調に過ごしていれば、幹部になれたかもしれない。

しかし、人生は思い通りにはならない。こともあろうに、多門は上官の妻との恋に溺《おぼ》れてしまったのだ。もちろん、戯《たわむ》れではない。命懸《が》けの恋愛だった。

多門は密会を重ねるたびに、年上の上官夫人にぐいぐいと魅《み》せられた。相手も多門にのめり込んでいる様子だった。だが、灼熱《しやくねつ》の愛は長くはつづかなかった。ちょっとした不用心から、二人の不倫が上官に知られてしまった。

多門は、けじめをつける気になった。彼は本気で上官夫人との結婚を望んでいた。そのことを上官に告げると、憎々しげに睨《にら》み返してきただけだった。

上官は、妻に暴力を振るい、ふしだらな妻を口汚く罵《のの》しった。牝犬《めすいぬ》という侮辱的な言葉まで浴びせた。上官夫人は下唇をきつく噛《か》みしめ、ひたすら耐えていた。

多門は黙って見ていられなくなった。

結果、相手を半殺しにしたことが失恋を招くことになった。

多門は上官夫人の手を取って、駆け落ちしようと口説《くど》いた。

だが、相手は首を縦に振らなかった。血塗《まみ》れの夫のそばから離れようともしない。予想外の反応だった。

多門は敗北感に打ちのめされた。ショックは大きかった。上官夫人に未練はあったが、もはやどうすることもできない。

多門は無言で愛《いと》しい女性に背を向けた。

もう部隊には戻れない。多門は手早く荷物をまとめ、すぐ宿舎を出た。それから、どこをどうさまよい歩いたのか。ふと気がつくと、新宿《しんじゅく》の歌舞伎町《かぶきちょう》に流れついていた。

多門は浴びるほど強い酒を呷《あお》った。へべれけに酔っ払った彼は、ささいなことで関東義誠会《ぎせいかい》田上組《たがみぐみ》の組員たちと派手な立ち回りを演じた。それが縁で、皮肉にも、田上組の世話になることになった。

多門は中・高校時代、典型的な非行少年《ヤンキー》だった。やくざの世界に入ることには、それほど抵抗はなかった。それどころか、古巣に戻ったような懐かしささえ覚えた。

柔道三段の多門は武闘派やくざとして、めきめきと頭角を現わした。二年数カ月後には、田上組の舎弟頭《しやていがしら》になっていた。

スピード出世である。先輩の組員たちには、だいぶ妬《ねた》まれた。すでに多門は、組の中で一目置かれる存在にのし上がっていたからだ。

しかし、面と向かって厭味《いやみ》を言う者はいなかった。

掟《おきて》や義理には縛《しば》られていたが、渡世の世界はそれなりに愉《たの》しかった。幹部の役得もあった。だが、組から任《まか》せられたデートガールの管理は苦痛だった。

デートガールたちは一様《いちよう》に割り切って、不特定多数の男たちに体を開いていた。田上組に稼ぎの上前をはねられることも当然と考え、不満を洩らす者はいなかった。持ちつ持たれつの関係というわけだ。

多門はそうと知りつつも、次第に耐えられなくなった。どうしても女性たちを喰いものにしているという罪悪感を拭い切れなかったのである。

そんな経緯《いきさつ》があって、多門は田上組を脱《ぬ》けた。三十三歳のときだった。

多門は足を洗うと、翌月には始末屋になった。別に宣伝をしたわけではなかったが、クチコミで仕事の依頼は次々に舞い込んできた。

危険で厄介《やっかい》な依頼ばかりだが、成功報酬は悪くない。一件で数百万円以上にはなる。毎年七、八千万円は稼いでいるが、収入の大半は酒と女で消えてしまう。年収一億円を超えたこともあった。

多門は他人が呆《あき》れるほどの浪費家だ。

気に入ったクラブがあれば、ホステスごと店を一晩借り切ってしまう。その上、大酒飲みで大食漢でもあった。身に着ける物も一級品を好む。しかも、洋服や靴はオーダーメイドだった。腕時計も安物は嵌《は》めない。

多門は高額所得者ながら、いまも代官山《だいかんやま》の賃貸マンションで暮らしている。

間取りは1DKだった。終日、狭い部屋に籠《こも》っていると、息が詰まる。そんなこともあって、塒《ねぐら》にいる時間は少なかった。

自宅マンションは小粋《こいき》なブティックやカフェのある通りから少し奥まった場所にあるが、家賃は高かった。代官山が人気スポットだからだろう。

「なんだか眠くなってきちゃった」

華奈が言った。

「少し寝なよ」

「そうさせてもらおうかな」

「ああ、そうしなって」

多門は腹這《ば》いになって、ロングピースに火を点《つ》けた。

ゆったりと紫煙《しえん》をくゆらせる。情事の後の一服は、いつも格別にうまい。早くも華奈はかすかな寝息を刻んでいた。多門は短くなった煙草《たばこ》の火を揉み消すと、静かにベッドを降りた。生まれたままの姿で浴室に入り、頭から少し熱めのシャワーを浴びる。

部屋のインターフォンが鳴ったのは、全身にボディーソープの泡《あわ》をまぶしたときだった。

何か用があって、ホテルマンが訪ねてきたらしい。華奈が短い応答をして、ベッドから離れる気配が伝わってきた。

多門はシャワーヘッドをフックから外し、ボディーソープの泡を洗い落としはじめた。

その直後、華奈の悲鳴が聞こえた。部屋の奥に逃げ込む足音も耳に届いた。

多門はシャワーヘッドをフックに掛け、急いで浴室を飛び出した。緊張で全身の筋肉が膨《ふく》れ上がる。

華奈がダブルベッドの脇にしゃがみ込み、身を竦《すく》ませていた。後ろ向きだった。白いバスローブを着ている。

三十歳前後の男がハンティング・ナイフを頭上に振り翳《かざ》し、いまにも華奈に斬りかかろうとしていた。多門は暴漢に走り寄って、相手の腰を思うさま丸太のような脚で蹴った。

侵入者が横倒しに転がった。白っぽい麻のスーツを着込んでいた。どことなく暗い印象を与える。

多門は踏み込んで、男の頭を蹴りつけた。男が唸《うな》って、また床に転がった。

「何者だっ」

多門は声を張った。

男が跳《は》ね起き、ベルトの下から自動拳銃を引き抜いた。コルト・コマンダーだった。消音器は装着されていない。

「床に這いつくばって、両手を頭の上で重ねろ。おれは女弁護士に用があるんだ」

「サイレンサーなしで、ぶっ放せるかい？」

多門は相手を挑発した。これまで幾度も銃口を突きつけられている。別に恐怖感は覚えなかった。

「いい度胸してるじゃないか」

男がスライドを引き、初弾を薬室《チャンバー》に送り込んだ。人差し指は、引き金に深く巻きついている。

「剛さん、逆《さか》らわないほうがいいわ」

華奈が震え声で言った。顔面蒼白《がんめんそうはく》だった。

「この野郎に見覚えは？」

「ううん、ない。仕事柄、よく逆恨《さかうら》みされることがあるの」

「だろうな」

多門は華奈に言い、拳銃を構えた男との間合《まあ》いを詰めた。

男が後ずさり、コルト・コマンダーを前に突き出した。多門は両眼に凄みを溜《た》めた。男が一瞬、たじろいだ。すぐに彼は、壁伝いに横に移動しはじめた。

「どうした？」

多門は足を踏み鳴らした。すると、暴漢が急に身を翻《ひるがえ》した。逃げる気になったらしい。

すかさず多門は追った。男は部屋を走り出ると、エレベーターホールに向かった。

この恰好《かっこう》では、廊下に出られない。

多門は部屋の奥に駆け戻り、大急ぎで青いバスローブを素肌に羽織《はお》った。走りだそうとしたとき、華奈が両腕で多門の腰にしがみついた。

「ここにいて！　わたし、恐ろしくて」

「わかった。もう大丈夫だよ」

多門は言って、華奈の震える肩を優しく包み込んだ。

2

スマートフォンの電源は切られたままだ。

多門は溜息《ためいき》をついて、特別注文の巨大なベッドに寝転がった。自宅マンションである。

高輪のホテルに華奈と泊まったのは四日前だった。急に多門は華奈の声が聴《き》きたくなって、彼女のスマートフォンを鳴らしたのだ。

数十分置きにコールしてみたが、やはり電話は繋がらなかった。華奈は法廷にいるのか。あるいは、弁護依頼人宅にいるのかもしれない。

どちらかだったとしても、スマートフォンの電源を切っている時間が長すぎる。多門は三時間以上も華奈に電話をかけつづけていた。

天井を見つめていると、先夜の暴漢の姿が脳裏に蘇《よみがえ》った。

部屋に押し入ってきた男は拳銃を持っていた。華奈を逆恨みしている人間が犯罪のプロを雇《やと》ったのだろう。しかし、男はなぜか発砲しなかった。何か考えがあったにちがいない。

多門の内面で禍々《まがまが》しい予感が膨らんだ。

もしかしたら、華奈は先日の男に拉致《らち》されたのではないか。多門は上体を起こし、時任法律事務所に電話をかけた。

受話器を取ったのは女性事務員だった。

「多門という者ですが、朝倉弁護士をお願いします」

「申し訳ありません。朝倉はお休みをいただいております」

「休んでるって？」

「はい、一昨日《おととい》から」

「病気で欠勤ですか？」

「多分、そうだと思います」

「ちょっと待ってくれ。多分って、どういうことなんだい？」

「実は朝倉、無断欠勤していましてね。そういうことは一度もなかったのですけど」

相手の困惑が伝わってきた。

「職場で体調がすぐれないと言ってなかった？」

「いいえ、そういうことは申しておりませんでした」

「そう。同僚の弁護士さんと何かでぶつかったことは？」

「そういうこともなかったはずです」

「朝倉弁護士に脅迫電話がかかってきたことは？」

「オフィスには、その類《たぐい》の電話はありませんでした。外線の電話は、最初にわたしが取ることになっていますので」

「そうなのか。一昨昨日《さきおととい》の朝倉弁護士の様子はどうだった？」

「いつも通りでしたね。あのう、失礼ですが、あなたは朝倉とはどのようなご関係なのでしょうか？」

「親しい友人です。彼女のスマホには何度か、電話をしたんでしょ？」

「ええ、五、六回かけました。ですけど、いつも電源が切られていて、連絡が取れなかったのです」

「所長の時任弁護士に換わってもらえないだろうか」

「あいにく所長は外出しておりまして、四時過ぎに戻る予定になっています」

「そう。ありがとう」

多門は通話を切り上げ、ベッドから滑り降りた。

左手首のオーデマ・ピゲに目をやる。午後三時過ぎだった。

華奈の自宅マンションに行ってみることにした。多門はシェーバーで伸びた無精髭《ぶしょうひげ》を剃《そ》り、手早く身仕度《みじたく》を整えた。慌《あわ》ただしく部屋を出て、エレベーターで一階に下る。

多門はマンションの駐車場に急ぎ、ボルボXC40に乗り込んだ。車体の色はメタリックブラウンである。車内は蒸し暑い。多門は冷房の設定温度を十八度にしてから、ボルボを発進させた。

華奈が借りているマンションは渋谷《しぶや》区恵比寿《えびす》三丁目にある。恵比寿ガーデンプレイスの裏手だ。

多門は月に一、二回、華奈の部屋に泊まっていた。部屋のスペアキーも預かっている。

十数分で、目的のマンションに着いた。白っぽい磁器タイル張りの八階建てだ。

多門はボルボを路上に駐《と》め、マンションのエントランスロビーに足を踏み入れた。

出入口はオートロック・システムではなかった。管理人室もない。

多門は集合郵便受けに近づき、五〇五号室のメールボックスを覗《のぞ》いた。

郵便物が溜まっている。どうやら華奈は自宅には帰っていないようだ。

多門はエレベーターで五階に上がった。

スペアキーを使って、五〇五号室に入る。1LDKの室内には温気《うんき》が澱《よど》んでいた。

まず多門は、エアコンディショナーを作動させた。

それから改めて部屋の中を眺め回した。小ざっぱりと片づけられている。家具や調度品の位置も、ずれてはいない。誰かが室内に押し入った痕跡《こんせき》はなかった。

多門は居間で黒い麻の上着を脱ぎ、洗面所の横にある物入れに歩み寄った。サムソナイト製のキャリーケースとトラベルバッグは、物入れの奥にあった。

旅行に出かけた様子もない。そもそも彼女が無断欠勤するとは思えなかった。何か犯罪に巻き込まれたのだろう。

多門はリビングに戻り、ベランダ側に置かれたパソコンデスクに足を向けた。

USBメモリーは見当たらない。誰かに奪われることを警戒したのか。仮にUSBメモリーがあったとしても、内容のチェックも自分ではできなかった。多門はパソコンを使いこなせない。検索などはできるが、ほかの操作は苦手だった。時代遅れなアナログ人間だろう。

多門はパソコン周辺の機器を眺めただけで、寝室に移った。

十畳の寝室には、うっすらと華奈の残り香が籠《こも》っていた。出窓寄りに据え置かれたセミダブルのベッドは、きちんとメーキングされている。

多門はクローゼットの扉《とびら》を開けた。

夏服がびっしりとハンガーに掛けられている。各種のバッグやベルトも収まっていた。

多門は衣服のポケットをことごとく探《さぐ》り、バッグの中も検《しら》べてみた。しかし、脅迫状の類は見つからなかった。

ナイトテーブルやドレッサーの引き出しも開けてみたが、華奈の失踪《しっそう》に関わりのありそうな物はなかった。

念のため、多門は浴室やトイレも覗いてみた。シンクの下にも、顔を突っ込んだ。だが、手がかりは何も得られなかった。

多門は冷房のスイッチを切り、華奈の部屋を出た。きちんとドアをロックして、自分の車に戻る。

少し待たされることになるかもしれないが、時任法律事務所に行ってみることにした。

多門はボルボXC40を新橋に向けた。暦《こよみ》の上では秋だが、まだまだ暑い。道行く男女の多くは夏服だった。

華奈の職場は新橋駅の近くにある。外堀《そとぼり》通りに面したオフィスビルの十階だ。

多門は一度だけだが、華奈の勤め先を訪ねたことがある。

近くまで来たついでに、急に華奈の顔を見たくなったのだ。あいにく彼女は外出中で会うことはできなかった。

やがて、新橋に着いた。

多門は裏通りにボルボを駐め、目的のオフィスビルまで歩いた。時任法律事務所を訪ねると、四十代前半の地味な女性が応対に現われた。

「三時過ぎにこちらに電話をした多門です。所長の時任さんは、もう戻られています？」

「ええ。あなたのお電話を受けましたのは、わたくしです」

「それなら、話が早い。朝倉弁護士のことで、時任所長に少しうかがいたいことがあるんですよ。お取り次ぎいただけますね？」

「はい。少々、お待ちください」

「よろしく！」

多門は軽く頭を下げた。女性事務員が一礼し、事務所の奥に向かった。

事務フロアには六卓のスチールのデスクが並び、出入口の近くに応接ソファセットが置かれている。壁際にはスチールキャビネットや書棚が連《つら》なっていた。

弁護士と思われる三十四、五歳の男が机に向かって、公判記録らしき書類に目を通していた。ほかには誰もいない。時任は奥の所長室にいるのだろう。

待つほどもなく女性事務員が戻ってきた。

「所長も、ぜひ多門さんにお目にかかりたいと申しております」

「そうですか」

「所長室にご案内します」

「お願いします」

多門は女性事務員の後に従った。

導かれた所長室は十五畳ほどの広さだった。正面にマホガニーの両袖机《りょうそでづくえ》が置かれ、その手前に総革張りの象牙《ぞうげ》色のソファセットが見える。

「初めまして。所長の時任です」

五十年配の血色のいい男が椅子《いす》から立ち上がり、にこやかに言った。小太りだった。

多門は名乗った。二人は名刺を交換した。所長のフルネームは時任伸吾《しんご》だった。

「どうぞお掛けください」

時任がソファを手で示した。女性事務員が目礼し、所長室から出ていった。

多門はソファに坐《すわ》った。時任が向かい合う位置に腰かけ、多門の名刺に視線を落とした。

「会社勤めをされているようではありませんね。社名も肩書も印刷されていませんので」

「お渡しした名刺はプライベート用なんですよ。宝石の訪問販売を細々とやっています」

「そうですか。ご立派な体をしてらっしゃるので、何か格闘技関係の仕事に就《つ》かれているのかと思ったのですが……」

「ただのセールスマンですよ」

「朝倉弁護士とは、お親しいとか？」

「ええ、まあ」

「あなた方は、どこで知り合われたんです？　仕事面での接点はありませんよね。ちょっと興味をそそられるな」

「話の腰を折るようですが、朝倉さんの無断欠勤のことで話を聞かせてください」

「ああ、そうでしたね。朝倉弁護士が三日も無断欠勤するなんて、とても考えられません。おそらく彼女は、何か事件に巻き込まれたのでしょう」

「何か心当たりでも？」

多門は問いかけた。

「少し思い当たることがあります。朝倉弁護士は、ある男に逆恨みされていました」

「その男のことを詳《くわ》しく教えていただけますか」

「いいでしょう。水口雅和《みずぐちまさかず》という名前で、年齢はちょうど三十歳です。水口は、常習の赤詐《あかさ》欺《ぎ》屋なんですよ。おっと、失礼！　つい業界用語を使ってしまいました。赤詐欺屋というのは、要するに結婚詐欺師のことです。水口は俳優崩れで、なかなかのルックスなんです」

「そうなんですか」

「二十四、五歳まではテレビドラマやネットシネマに出演してたようですが、その後はパッとしませんでね、いつの間にか結婚詐欺で喰うようになってたんです。男としては、まあ、クズでしょうな」

「そう思います」

「しかし、水口はマスクがいいし、口も巧《うま》いんで騙《だま》される女性が後を絶《た》たないんですよ。彼は一流企業の社長の息子やパイロットに成りすまして、結婚願望の強い女性の肉体を弄《もてあそ》んで、その上、金も騙し取ってるんです。一千万円も騙し取られた被害者がいます」

「悪質だな」

「ええ、その通りですね。そんなことをしているわけですから、水口には当然、詐欺の前科があります。それでも懲《こ》りずに赤詐欺を重ねてるんですよ。困った男です」

「朝倉弁護士が水口に逆恨みされるようになったのは？」

「水口は外科医と詐称《さしょう》して、国際線の美人客室乗務員《キャビンアテンダント》から七百万円の結婚費用を詐取して告訴されたんですよ。三カ月ほど前にね」

「それで？」

「水口は、その事件の弁護をこの事務所に依頼に来たんです。で、たまたま手が空《す》いていた朝倉弁護士に担当するよう頼んだんですよ。彼女は水口と面談したのですが、反省の色さえ見せない依頼人に呆《あき》れ果て、弁護を引き受けたくないと言いました。わたしはもちろん、ほかのスタッフも担当事件を抱えていたので、結局は水口の依頼を断ることになったんですよ」

「水口はどうしたんでしょう？」

「あまり評判のよくない弁護士に泣きついて、なんとか原告と和解できたようです。しかし、和解金も弁護士報酬も予想以上に高かったとかで、朝倉弁護士にさまざまな厭《いや》がらせをするようになりました」

時任がそう言って、長嘆息《ちようたんそく》した。

「どんな厭がらせをされたんでしょう？」

「待ち伏せされて、何度か自宅まで尾《つ》けられたようですね。それからドア・ポストの中に、精液の溜まったスキンを投げ込まれたこともあったそうです。彼女、あなたにそういう話は？」

「いま初めて聞きました。彼女、あまり仕事の話はしなかったんですよ。それはそうと、時任さんは水口が朝倉弁護士を拉致したとお考えなんですね？」

「確信があるわけではありませんが、その疑いは濃いでしょう。水口は、どこか偏執《へんしゆう》狂っぽいところがありましたのでね」

「そうですか」

「藤沢《ふじさわ》の実家にもいないとのことでしたので、一両日中に警察に捜索願を出そうと思っていたんです」

「そうしてやってください。こっちも少し調べてみるつもりです」

「多門さんは以前、調査関係のお仕事をされていたんですか？」

「いいえ。しかし、じっとしていられない気持ちなんで……」

「お気持ちはわかりますが、あまり無茶はなさらないほうがいいな。水口は、やくざみたいな連中ともつき合っているようですから」

「無茶はしません。ところで、水口の連絡先を教えていただけますか」

「確かまだ彼の名刺は処分してなかったな」

「こちらにご迷惑はかけませんので、ぜひ水口の住まいを教えてください」

多門は頼み込んだ。

時任が快諾《かいだく》し、ソファから立ち上がった。執務机を回り込み、引き出しから分厚い名刺ホルダーを摑《つか》み出した。メモパッドを引き寄せ、ボールペンを走らせる。

「これが水口の自宅の住所です」

時任が戻ってきて、メモを差し出した。

多門は礼を述べ、紙切れを受け取った。水口の自宅は目黒《めぐろ》区碑文谷《ひもんや》五丁目にあった。マンション住まいだった。

「水口の顔写真があればいいのですが、あいにく……」

「特徴を教えてもらえますか」

「身長は百七十五センチ前後で、細身ですね。目がくりっとしてて、睫毛《まつげ》が女性のように長いな。鼻は高いのですが、小鼻が小さいんです。どちらかと言えば、女顔でしょうね。優しげな顔立ちです。会えば、すぐにわかると思います」

時任がそう言い、脚を組んだ。

ちょうどそのとき、女性事務員が二人分のアイスコーヒーを運んできた。多門は辞去しようと腰を浮かせかけたが、時任に引き留められた。

拒む理由もない。多門はソファに腰を戻した。

「朝倉弁護士は美しいだけじゃなく、実に有能です。独立しても、充分にやっていけるでしょう。しかし、本音を言えば、あと四、五年はこの事務所で働いてほしいですね」

「彼女が独立したがってる様子はなかったな」

「そうですか。それはありがたい。朝倉弁護士を手放すのは、まだ惜《お》しいですからね」

時任が言って、ストローをくわえた。

多門もアイスコーヒーを口に運んだ。ストローは使わなかった。

二人は五分ほど取り留めのない話をした。

話題が途切れると、多門は腰を上げた。時任に見送られ、事務所を出る。

エレベーターで一階に降りたとき、多門は華奈の友人の勤務先が赤坂《あかさか》にあることを思い出した。その友人は三田村理恵《みたむらりえ》という名で、家具メーカーのデザイナーだった。

多門は華奈を交《まじ》えて、理恵と二、三度飲みに行ったことがある。華奈と理恵は、ちょくちょく会っていたはずだ。理恵に会えば、何か手がかりを得られるのではないか。

多門は車に乗り込むと、赤坂に向かった。

めざす家具メーカーの本社ビルは、地下鉄赤坂駅の近くにある。二十分弱で、理恵の勤め先に着いた。多門はボルボごと地下駐車場に潜《もぐ》り、一階のロビーに上がった。受付カウンターには、笑顔の美しい受付嬢がいた。

「デザイン室の三田村理恵さんにお目にかかりたいんですが……」

多門は名乗ってから、そう告げた。

「お約束されていますね?」

「いや、アポなしなんだ。三田村さんに急用があるんですよ。なんとか取り次いでもらえないだろうか」

「わかりました。少々、お待ちください」

受付嬢が社内電話機で、デザイン室に連絡を取った。遣《や》り取りは短かった。

「三田村はすぐに参ります。あちらで、お掛けになってお待ちください」

「ありがとう」

多門は大理石の敷き詰められたロビーを横切って、応接ソファセットに近づいた。ソファセットは三組あったが、人の姿はなかった。

多門は最も手前のソファセットの椅子に腰かけた。

少し待つと、奥のエレベーターホールの方からパンツスーツ姿の三田村理恵が足早にやってきた。多門はソファから腰を上げた。

「珍しいお客さんね。朝倉先輩と喧嘩でもしたんですか？」

理恵がたたずみ、明るく言った。彼女は華奈の高校時代の一学年後輩だった。二人は同じ映画研究会に所属していたらしい。

「一昨日から華奈の行方がわからないんだ」

「嘘でしょ!?」

「こんなこと、冗談じゃ言えないよ。とにかく、坐って話そう」

多門は理恵と向き合うと、経緯を手短に話した。

「あっ、もしかしたら……」

「何か思い当たるんだね？」

「ええ、ちょっと。わたし、六日前の夜、朝倉先輩と西麻布《あざぶ》のダイニングバーで食事をしたんですよ。そのとき、先輩が昼間、二人の男に強引にワゴン車に乗せられそうになったと言ったの」

「そいつらは、どういう連中だったって？」

「柄《がら》の悪い男たちだったとしか言わなかったんですよ。道を歩いてるときに二人の男に両腕をいきなり摑まれて、シルバーグレイのワゴン車に乗せられそうになったと言っていました」

「車種は？」

「そこまでは言いませんでした。先輩は大声で救《たす》けを求めたらしいの。そうしたら、男たちは焦《あせ》ってワゴン車で逃げ去ったそうです」

「そう。実は四日前にデートしたんだ。しかし、彼女はそんなことがあったとは一言も口にしなかった」

「多門さんに余計な心配をかけたくなかったからなんだと思います。先輩は、そういう女性ですので」

「それにしても、他人行儀だな。ちょっと寂しいね」

「それだけ朝倉先輩は、多門さんのことを大事に想ってるんでしょう」

理恵がショートボブの髪に手をやって、呟《つぶや》くように言った。

「そうなのかもしれないが、やっぱり水臭《みずくさ》いよ。それはそうと、ほかに何か言ってなかった？」

「拉致《らち》されそうになったことと関係があるのかどうかわかりませんけど、朝倉先輩、近いうちに大学時代の先輩のフリージャーナリストに会うことになっているとも言ってました」

「その相手は男なのかな？」

「ええ。その方の名前までは教えてくれませんでしたけどね」

「そう。彼女が誰かに拉致されたんだとしたら、きっと何か犯罪を告発する気だったにちがいない」

「ええ、そうなのかもしれませんね」

「実はここに来る前、時任法律事務所に寄ってきたんだ。所長の話によると、水口という結婚詐欺師がちょっと怪しいんだよ」

多門は詳しい話をした。

「そういう男がいるんだったら、多門さん、少し調べてみたら？　元自衛官のトラブルシューターなんですから。それから、警察にも相談すべきだと思います」

「時任所長は一両日中に警察に華奈の捜索願を出すと言ってた。警察とは別にこっちも華奈の行方を追ってみようと思ってるんだ。きみが協力してくれると、ありがたいんだがな」

「わかりました。わたし、共通の知人たちに電話をして、情報を集めてみます」

理恵が言った。

「悪いが、頼むな」

「はい。何かわかったら、すぐに連絡します」

「そうしてくれないか。それじゃ、そういうことで……」

多門は勢いよく立ち上がった。

理恵も腰を上げげた。多門は地下駐車場に降り、ボルボに乗り込んだ。車を発進させ、水口の自宅マンションに向かう。

3

応答はなかった。

七〇一号室だ。水口の部屋である。

電灯は点いていない。多門は、ふたたびインターフォンを鳴らした。やはり、なんの返事もなかった。

どうやら留守らしい。部屋の中に忍び込むか。

多門は、いったん車に戻ることにした。

エレベーターで一階に下り、マンションを出る。夕闇が濃い。閑静な邸宅街の外れに建つ九階建てのマンションは、街の調和を乱している感じだ。

ボルボは、マンションの隣家の生垣《いけがき》の際《きわ》に駐めてある。

多門は自分の車に乗り込むと、グローブボックスから小壜《こびん》を取り出した。中身は透明なマニキュアだ。

多門は刷毛《はけ》付きの蓋《ふた》を緩め、両手の指紋と掌紋《しょうもん》にマニキュアを塗った。共同住宅に忍び込む場合、布手袋を嵌めていると、怪しまれやすい。

マニキュアで指紋や掌紋を塗り潰しておけば、堂々と他人の家に侵入できる。

多門には傷害の前科がある。警察庁の大型コンピューターには、いまも彼の指紋が登録されているだろう。油断は禁物だ。

多門はマニキュアの小壜をグローブボックスに戻すと、今度は特殊万能鍵を抓《つま》み出した。

常習の空き巣から譲り受けた手製の万能鍵だ。金属製で、耳掻き棒を平たくしたような形状をしている。先端に三つの溝がある。

中国人の窃盗グループは二種類以上のピッキング道具を使って解錠しているが、この特殊万能鍵はたった一本でほとんどのロックを外せる。

多門は特殊万能鍵をヒップポケットに滑り込ませ、静かに運転席から出た。大股でマンションに戻り、エレベーターで七階に上がる。

七〇一号室は、エレベーターホールのそばにあった。

多門はあたりに人がいないことを確かめてから、鍵穴に特殊万能鍵を挿《さ》し込んだ。手首を小さく捻《ひね》ると、金属と金属が嚙み合った。

多門は手首を大きく捻った。シリンダー錠が外れた。

部屋の中に身を滑り込ませ、急いで内錠を掛ける。多門は玄関ホールの電灯のスイッチを入れ、靴を脱いだ。

短い中廊下の向こうに、ＬＤＫがあった。窓はドレープのカーテンで閉ざされている。

多門は照明を灯《とも》し、エアコンディショナーの電源スイッチを入れた。居間に接して十畳ほどの洋室があった。寝室だ。

多門は部屋の中を素早くチェックした。

誰かが監禁されていた形跡《けいせき》はない。室内は整頓《せいとん》されている。水口は、きれい好きなのだろう。

多門はリビングボードに近づいた。

結婚情報誌が何冊か重ねて置いてあった。その横にアルバムが見える。

多門はアルバムを手に取って、頁《ページ》を繰《く》りはじめた。

目の大きな優しい顔立ちの男の写真が何葉《なんよう》も貼られている。被写体は水口だろう。

ツーショットも少なくない。一緒に写っている女性は同一人物ではなかった。

十人近い女性が水口と思われる男に身を寄り添わせている。結婚詐欺に遭《あ》った被害者たちではないか。女たちを騙す男は下《げ》の下だ。水口をとっちめてやろう。

多門はアルバムを元の場所に戻し、本格的に室内を検《しら》べはじめた。

だが、華奈の失踪と結びつきそうな物は何も見つからなかった。ただ、同じ酒場のブックマッチが幾つも目に触れた。

多分、水口の行きつけのショットバーなのだろう。『ドリーマー』という店名で、所在地は南青山《あおやま》三丁目だった。この店に行けば、水口の居所がわかりそうだ。

多門はブックマッチを綿ジャケットのポケットに突っ込み、冷房と電灯のスイッチを切った。特殊万能鍵でドアをロックして七〇一号室を離れる。

ボルボのエンジンをかけたとき、懐でスマートフォンが鳴った。すぐに多門はスマートフォンをスピーカーモードにした。

「おれだよ」

旧知の杉浦将太《すぎうらしようた》の声だった。

四十六歳の杉浦は、かつて新宿署生活安全課の刑事だった。暴力団との目に余る癒着《ゆちやく》ぶりが署内で問題にされ、職を失したのだ。

現職時代の杉浦は事実、悪徳刑事だった。暴力団関係者や風俗営業店のオーナーに手入れの情報を流して、その見返りとして多額の謝礼を受け取っていた。金だけではなく、高級スーツや貴金属もたかっていたようだ。ベッドパートナーの世話もさせていたらしい。相手の弱みにつけ込むこともあったようだ。

やくざ時代の多門は、そんな杉浦を嫌悪していた。軽蔑《けいべつ》もしていた。機会があったら、闇討《やみう》ちをかけたいとさえ考えていた。

しかし、杉浦の隠された一面を知ってからは見方が一変した。

彼は欲の深い小悪党ではなかった。交通事故で昏睡状態（遷延《せんえん》性意識障害）になった愛妻の意識を蘇らせたい一心で、敢《あ》えて下衆《げす》な警察官に成り下がったのである。轢《ひ》き逃げ犯はいまも捕まっていない。

安い俸給《ほうきゅう》だけでは、とても高額な入院加療費は払えない。杉浦は悩みに悩んだ末、汚れた金を集めるようになったのだろう。そのことを知ったとき、多門は杉浦の覚悟に感動すら覚えた。つい噂《うわさ》を信じてしまった自分の浅薄さを恥じもした。

かけがえのない女性のために自分の生き方を変えられる男は、どこか潔《いさぎよ》い。その俠気《おとこぎ》は尊敬に価《あたい》するのではないか。

多門は自分のほうから杉浦に接近し、酒を酌《く》み交《か》わすようになった。

素顔の杉浦は決して悪人ではなかった。口こそ悪いが、他人の悲しみや憂《うれ》いにはきわめて敏感だった。弱者に注ぐ眼差《まなざ》しはいつも温かかった。

それでいて、これ見よがしの優しさは示さない。相手に負担をかけるようなスタンドプレイは決して見せなかった。少しばかり屈折《くっせつ》した思い遣《や》りをさりげなく示すだけだ。照れの裏返しなのだろう。

杉浦は現在、ある法律事務所の調査員を務《つと》めている。といっても、身分は嘱託《しょくたく》だ。報酬は出来高払いらしい。

当然ながら、月によって収入が異なる。そんなことから、多門はちょくちょく杉浦に調査の仕事を回していた。杉浦は頼りになる相棒でもあった。

「杉さん、久しぶりだね。本業で、だいぶ稼いだようだな」

「そうならいいが、女房の微熱がつづいてたんで病院に通い詰めてたんだよ」

「そうだったのか。で、奥さんの熱は？」

「下がったよ。マイコプラズマ肺炎に罹《かか》ってたらしいんだ。うちの眠り姫もいい気なもんだぜ。おれに愛想笑いもしないで、気楽におねんねばかりしてやがるんだからさ。けど、子供がいるわけじゃないから、おれが女房の面倒を見てやらねえとな」

「杉さんのそういう屈折した言い方、すごくカッコいいよ。奥さんに心底、惚れてんだろうな。羨《うらや》ましいね」

「腐れ縁だよ、ただのな」

「照れない、照れない」

多門は茶化した。

杉浦は東京郊外の総合病院に入院している妻をほぼ毎日、見舞っていた。いつだったか、多門は杉浦の献身ぶりを病院の窓越しに垣間《かいま》見たことがあった。

杉浦はまったく意識のない妻の手をいとおしげに撫《な》でながら、何か優しく語りかけていた。ふだんはナイフのように鋭い目をしているのだが、目尻は下がりっ放しだった。

ほどなく杉浦は濡れタオルで、妻の柔肌を入念に拭いはじめた。その表情は実に穏《おだ》やかだった。杉浦は清拭《せいしき》を済ませると、急に妻の胸の谷間に顔を埋め、声を殺して泣きはじめた。

その姿を目にして、多門はどぎまぎしてしまった。見てはならないものを見てしまったせいだろう。杉浦のやるせなさがひしひしと伝わってきた。

多門は不覚にも貰《もら》い泣きをしてしまった。

病室に足を踏み入れることは、なんとなく憚《はばか》られた。多門は携《たずさ》えてきた花束と果物をナースステーションに預け、そのまま病院を後にした。

「クマのほうは相変わらずか？」

「おれ、杉さんに朝倉華奈とつき合ってることを話したっけ？」

「一度、のろけられたな。美人弁護士さんだろう？」

「そう。その華奈が一昨日から行方不明なんだ」

「なんだって!?」

杉浦が驚きの声をあげる。

多門は経過を話し、水口という結婚詐欺師をマークしはじめたことも明かした。

「その水口って俳優崩れは、弁護依頼を断られただけなのかね？」

「時任所長は、そう言ってたな」

「その程度のことで、女弁護士を拉致監禁するとは思えねえ」

「所長の話によると、水口は偏執狂というか、ねちっこい性格らしいんだ。だから、華奈に厭がらせをしたり、ストーカーじみたことをしたんだろう」

「しかし、弁護依頼を断られたぐらいで、そこまで根に持つだろうか」

「水口は別の法律事務所で高い報酬を払わせられて、かなりの額の和解金も出す羽目になったみたいなんだ」

「そうだとしても、度が過ぎてやしねえか？」

「言われてみると、確かに」

「クマ、水口って奴が美人弁護士を引っさらったんだとしたら、そいつは何か危《ヤバ》い事実を知られたんじゃねえか」

「華奈に？」

「そう」

「杉さん、華奈は水口の弁護は引き受けなかったんだ。彼女が水口のことを深く調べてたとは考えにくいよ」

「ま、そうだろうな」

「杉さん、時任弁護士のことは知ってる？」

「会ったことはねえが、噂はいろいろ耳に入ってるよ。おれが世話になってる弁護士の事務所も同じ新橋にあるからな」

「そういえば、そうだったね。華奈の話だと、時任所長はなかなかの遣《や》り手らしいんだ」

「その通りなんだろう。居候弁護士《イソベン》を四、五人抱えてるようだから、商売上手なんだと思うよ」

「商売上手？」

「ああ。弁護士は社会的ステイタスを持ってるから、世間の連中は彼らがリッチな暮らしをしてると思いがちだが、経済的に恵まれてるのはほんのひと握りなんだ」

「そうなのか」

「いま現在、日本には約四万三千人の弁護士がいるが、平均年収は七百万円台なんだよ」

「そんなに低いのか!?」

「意外だよな。大企業の顧問をやってる元検事たち大物弁護士は年収数億円も稼いでるが、片田舎《かたいなか》の弁護士になると、年に三、四百万しか収入がない」

　杉浦が言った。

「その程度の年収じゃ、とても妻子は養えないだろう」

「若い弁護士は結婚しても、共働きが多いんだ。人権派とか社会派なんて呼ばれてる弁護士たちも、たいがい苦労してるな。国選《こくせん》の仕事を引き受けても、一件二万円から二十万円にしかならないんだ」

「安いんだなあ」

「経済的な理由もあって、刑事事件よりも民事の弁護で稼ぎたいと願う弁護士が増えるのは、ま、仕方ねえよな。人間、喰わなきゃならねえからさ」

「そうだね」

「もっとも民事の仕事だからって、そう楽に稼げるわけじゃない。だから、多重債務者たちを客にしてる怪しげな金融業者に名前を貸して、臨時収入を得てる弁護士もいるんだ」

「なるほどな。しかし、大企業の顧問弁護士クラスともなれば、年収三、四億円は楽に稼いでるんじゃないの？」

「そうだろう。大物弁護士は、百社以上の一流企業と顧問契約を結んでる。一社当たり多いときで二十万円前後の顧問料を貰ってるから、それだけで月に二千万円ほど転がり込んでくるわけだ。その上、訴訟になった際には別途その分の報酬が入ってくる仕組みになってる」

「おいしいね」

「だな。しかし、大物顧問弁護士たちもそれなりに汚れ役を負わされることもあるんだよ」

「どんな汚れ役を？」

多門は問いかけた。

「彼らは粉飾まがいの決算や裏金の処理を合法的に装うことを求められることもあるし、役員たちのスキャンダルを揉み消したり、時には下請け会社や客の苦情対策にも知恵を絞らなきゃならねえ」

「顧問料の中には、〝揉み消し料〟も含まれてるわけか。なんかおれのビジネスに似てるな」

「まあ、そうだな。けど、クマのほうがまともだよ。公認会計士なんかも同じだが、顧問弁護士たちは大企業に巣くってる寄生虫だからな」

「それは言えてるだろうね」

「顧問先の利益を最優先させて、場合によっては黒いものを白くしてる奴らはハイエナみたいなもんだな。ある意味では、総会屋やブラックジャーナリストよりも悪質だ」

「そうだね」

「なんか話が逸《そ》れちまったな。クマ、話を元に戻すぞ。時任所長も大企業と何十社か顧問契約を結んでるって話だ」

「そう。だから、居候弁護士たちを何人も抱えられるんだろう」

「そういうことだよ。今夜あたり、久しぶりにクマと一杯飲《や》りてえと思ってたんだが、日を改めよう」

「悪いね、杉さん。これから、水口の行きつけのショットバーに行ってみるつもりなんだ」

「そうかい。それじゃ、おれは所轄署から少し情報を集めてやろう。朝倉華奈の捜索願がまだ出されてないって話だったから、あまり期待できねえと思うけどな」

「どんな小さな情報でもありがたいよ。杉さん、会ったときに謝礼を渡すね。片手でいいだろ？」

「クマ、気前がいいな。おれに五十万もくれるってか？」

「勝手にゼロを一つ付け加えないでくれ。五万だよ、五万円！　多すぎるって言うんなら、ゼロを一個落とそうか？」

「五千円で、おれに情報集めをさせる気かよ!?　使いっ走りの坊やじゃねえんだぞ」

「杉さん、冗談だよ。ちゃんと五万払うって」

「わかってらあ。ちょいとからかったんだよ」

杉浦がさもおかしそうに笑って、先に電話を切った。多門はスマートフォンを耳から離した。そのすぐ後、着信音が響きはじめた。

多門はスマートフォンを手に取った。電話をかけてきたのは女友達のひとりだった。五十嵐飛鳥《いがらしあすか》という名で、二十六歳だ。

飛鳥は外資系商社の役員秘書である。大柄な美女だった。多門は、飛鳥には宝石の販売をしていると偽っていた。

「ね、誰と長電話してたの？」

飛鳥の声には、ジェラシーが込められていた。

「仕事の話をしてたんだ、貴金属の卸問屋の専務とさ」

「ほんとに？」

「おれが嘘ついたことあるかい？」

「多分、ないと思う」

「おれは惚れてる女性には、一遍《いっぺん》だって嘘はついてない」

「それって、わたしのこと？」

「飛鳥ちゃん、寝ぼけてんのかよ。おれが飛鳥ちゃんにぞっこんなのは、わかってるはずだ」

「言葉では、いろいろ甘いことを言えるわよね。わたしに惚れてるとか何とか言っても、ちっとも電話もメールもくれないじゃないの。どうせ誰かさんとよろしくやってたんでしょ？」

「そんなふうに思われてたのか。おれの熱い想いは、まるで伝わってなかったんだな。絶望だ。もう生きてても仕方ねえ。今夜、おれは人生に終止符《ピリオド》を打つ」

「オーバーね。仕事、忙しかったの？」

「そうなんだ。薄利多売に切り換えたら、ダイヤもエメラルドも面白いように売れるようになった。猫の手も借りたいぐらいの忙しさだよ」

多門は話を合わせた。

「結構なことじゃないの。わたし、昨夜《ゆうべ》、あなたの夢を見たのよ。それで、電話したわけなの」

「どんな夢を見たんだい？」

「エッチな夢よ。ほら、去年のいまごろ、仙石原《せんごくばら》のホテルで木沢朋美《きざわともみ》って娘《こ》と3Pをやったじゃない？」

「そうだったっけな」

「あら、とぼけちゃって。剛さん、彼女とわたしを同じぐらい愛してくれたでしょ？　そのときのトリプルプレイがそっくり夢の中に出てきたのよ」

「それで、また3Pをしたくなったわけか？」

「ううん、そうじゃないの。やっぱり、セックスは一対一がいいわ。今夜、どこかで二人っきりで会えない？」

「飛鳥ちゃん、ごめん！　今夜は、さっき話した専務と飲むことになっちまったんだよ。断ってもいいんだが、たまにはそういうつき合いも必要だからな」

「そうね。わかったわ。今夜は諦《あきら》める。その代わり、近いうちに時間を作ってほしいの」

しまうと、ボルボを発進させた。

「もちろん、喜んで」

「それじゃ、あんまり深酒しないように。ランジェリーパブぐらいはいいけど、デリヘル嬢と遊んだりしないでね」

飛鳥がそう言い、通話を切り上げた。

嘘ついて、ごめん！　いまは華奈の安否が気がかりなんだ。多門はスマートフォンを懐にしまうと、ボルボを発進させた。

4

客の姿はなかった。

若いバーテンダーが乾いた布でグラスを磨いていた。ショットバー『ドリーマー』である。

店は、楡家《にれけ》通りから横に折れた裏通りに面していた。地下鉄表参道《おもてさんどう》駅から四、五百メートル離れた場所だ。

店内は、それほど広くない。飴《あめ》色のカウンターがあるだけで、ボックスシートはなかった。

BGMはモダンジャズだった。ハービー・ハンコックのナンバーだ。

「まだ準備中？」

多門は、頬のこけたバーテンダーに声をかけた。

「いいえ、営業中です」

「ここ、会員制なのかな？」

「そんな洒落《しゃれ》た店じゃありません。どうぞお好きな場所にお坐りください」

バーテンダーが言った。どこか表情が暗い。何か重いものを背負っているのか。

多門は中央のスツールに腰かけ、バーボン・ロックを頼んだ。選んだ銘柄はブッカーズだった。

バーテンダーがオードブルのメニューを差し出した。多門は生ハムを注文した。

待つほどもなくバーボン・ロックとオードブルがカウンターに置かれた。多門はグラスを傾けた。

「この近くにお住まいですか？」

「いや」

「そうですか」

「よかったら、何か好きなものを飲《や》ってくれ」

「ありがとうございます。せっかくですが、アルコールは断《た》ってるんですよ。昔、酒でしくじって、苦い思いをしていますのでね」

「なら、無理強《じ》いはしないよ」

「すみません。失礼ですが、格闘家か何かなんでしょ？　いい体格《ガタイ》してますもんね」

「西洋哲学を教えてるんだ、早明《そうめい》大学で」

「大学教授でいらっしゃる!?」

「冗談だよ」

「面白い方だな」

バーテンダーが微苦笑《びくしょう》した。多門は生ハムを頰張った。

二人の間に沈黙が落ちた。

多門はグラスを空け、お代わりをした。酒は強いほうだった。バーボン・ロックを五、六杯飲んでも、運転に支障をきたすことはない。

煙草をくわえようとしたとき、上着の内ポケットでスマートフォンが着信音を奏《かな》ではじめた。多門は目顔《めがお》でバーテンダーに断り、スマートフォンを耳に当てた。

「三田村です」

発信者は華奈の友人の理恵だった。

「さっきはどうもありがとう」

「いいえ。共通の知り合いに片っ端から電話をかけてみたんだけど、誰も朝倉先輩の居所を知っている人はいなかったの」

「そう。忙しいのに悪かったね」

「いいえ。わたし、先輩の実家にも電話してみたんですよ。お母さんの話だと、先輩から何も連絡はなかったらしいの」

「そう。協力に感謝するよ」

多門はマナーモードに切り替えてから、スマートフォンを懐に戻した。いつしかBGMは、オスカー・ピーターソン・トリオに変わっていた。

そろそろ水口のことをバーテンダーに訊《き》いてみるか。多門はそう思いながら、ロングピースに火を点けた。

ふた口ほど喫ったとき、店のドアが開いた。客は二人連れの男だった。どちらも二十五、六歳で、どことなく荒《すさ》んだ感じだ。半グレか。

二人は多門を無遠慮に眺めてから、左端のカウンターに並んで腰かけた。

多門寄りに坐った男は、茶色に染めた髪をアップにしていた。派手な柄シャツをだらしなく着込み、カーキ色のカーゴパンツを穿《は》いている。

連れの男は丸刈りで、小鼻にピアスを光らせていた。ともに上背はあるが、細身だった。

「おれたちの勘定、水口さんにツケといてよ」

茶髪の男がバーテンダーに言った。

バーテンダーが心得顔でうなずき、酒棚からオールドパーのボトルを掴み上げた。それから彼は、手早くスコッチの水割りをこしらえた。二人分だった。

二人の若い男は、水口の遊び仲間らしい。六日前の昼間、華奈をシルバーグレイのワゴン車に押し込もうとした二人組かもしれない。

多門は煙草の火を揉み消しながら、耳をそばだてた。

「例の女、愉快だったな。おれが二の腕の刺青《タトゥー》をちらつかせただけで、ビビりはじめたからな」

丸刈りの男が連れに言った。

「お嬢さん育ちなんだろうな。おれが姦《や》っちまうぞって脅したら、怯《おび》えて後ずさりしたんだ。押し倒して、パンティー脱がせたら、小便漏《も》らしてたんじゃねえか」

「多分な。あれだけ怯えてたんだから、あっさり告訴は取り下げるんじゃねえの？」

「そうだろう。それにしても、水口さん、趣味がよくねえな。あの女、かなりブスだぜ。よくカモにする気になったもんだよ」

「別に水口さんは引っかけた女と本気で結婚する気じゃないんだから、金を持ってそうな相手なら、誰でもいいんじゃねえのか」

「けどさ、もう少しマブい女をカモにすりゃいいのに」

「おい、そんなこと言ってもいいのかよ。おれたち、水口さんの後始末をやって小遣い稼いでるんだぜ」

男たちは顔を見合わせ、高く笑った。

もう少ししたら、二人に喧嘩を吹っかけるか。多門は静かにグラスを傾けた。

柄シャツを着た男がウイスキーの水割りを半分ぐらい飲み、バーテンダーに声をかけた。

「こういうジャズってさ、いまどき流行《はや》らないんじゃないの？」

「そうかもしれませんね。しかし、わたし、ジャズが好きなんですよ」

「おれは好きじゃねえな。悪いけど、BGM変えてよ」

「どんなジャンルの曲にします」

「R《リズム》&B《ブルース》、いや、ラップがいいな」

「わかりました」

バーテンダーが素直に従い、BGMをラップミュージックに変えた。

茶髪の男がラッパーに合わせて、呪文《じゅもん》のような歌詞を唱《とな》えはじめた。すぐに、相棒が唱和する。

バーテンダーが小さく顔をしかめた。しかし、二人を窘《たしな》めたりはしなかった。客商売の辛いところだ。

「おめえら、うるせえぞ」

多門は二人の男を怒鳴《どな》りつけた。

男たちは相前後して、口を閉じた。だが、二人は薄笑いを浮かべ、すぐにまた口ずさみはじめた。

「いい加減にしな」

多門はバーボン・ロックを一息に飲み干し、グラスを横に投げ放った。氷塊が柄シャツの男の顔面に当たり、床《フロア》に落ちた。

「てめえ、なんの真似《まね》なんだっ」

茶髪の男が息巻《いきま》き、腰を浮かせた。連れの男の表情も険《けわ》しくなった。

「客は、おめえらだけじゃねえんだ」

「だからって……」

「文句があんなら、表で聞いてやらあ」

多門はカウンターに一万円札を置き、スツールから滑り降りた。

「二千五百円になります。ただいま、すぐにお釣りを用意します」

「釣りはいらない。ジャズのCDでも買ってくれよ」

「よろしいんですか？」

バーテンダーが当惑気味に言った。

多門は黙ってうなずき、『ドリーマー』を出た。すぐに二人の男が店から飛び出してくる。

「てめえ、おれたちをなめてんのかっ」

プリント柄のシャツを着た男が怒声を張り上げた。

多門はせせら笑って、周囲を見回した。数十メートル先に児童公園があった。

「人のいない所で話《ナシ》をつけようや」

多門は二人組に言って、大股で歩きだした。男たちが急ぎ足で従《つ》いてくる。

ほどなく多門は公園の中に入った。

園灯はなかった。むろん、人影も見当たらない。多門は滑り台を背にして、仁王立ちの姿勢を取った。

「体格《ガタイ》がいいからって、あんまり突っ張らねえほうがいいぜ」

柄シャツの男がそう言いながら、カーゴパンツのポケットから真鍮《しんちゆう》のブラス・ナックルを取り出した。昔はメリケンサックと呼ばれていた。

上部に四本の指の入るリングがあり、握りの部分は長方形になっている。チンピラたちの喧嘩道具だ。

「あんた、素《す》っ堅気《かたぎ》じゃねえんだろ？　けど、おれたちはヤー公なんか怕《こわ》かねえぜ」

小鼻にピアスを飾った男がそう言い、腰の革ベルトを引き抜いた。バックルは大きかった。

プリント柄のシャツを着た男が右手にブラス・ナックルを嵌《は》めた。まともにパンチを喰らったら、肉が裂けてしまう。

多門は男たちを等分《とうぶん》に睨《ね》めつけながら、大胆に前に踏み出した。

左手前方にいる丸刈りの男が革ベルトを泳がせた。多門は退《さ》がらなかった。前に跳《と》び、太い左腕を差し出す。相手のベルトが蛇のように腕に絡《から》みついた。

多門は怪力で丸刈りの男を手繰《たぐ》り寄せ、後ろ襟《えり》をむんずと掴んだ。そのまま得意の払い腰で、相手を地べたに投げつけた。ベルトが緩《ゆる》んで外れる。

多門は右足を浮かせ、靴の踵《かかと》を男の眉間に落とした。丸刈りの男が動物じみた唸り声を発し、体を丸めた。

多門は狙いをすまして、相手のこめかみを靴の先で蹴った。

的《まと》は外さなかった。男が転げ回りはじめた。

「ふざけやがって」

柄シャツの男が喚《わめ》き、右のロングフックを放った。

多門はわずかに上体を反《そ》らして、なんなくパンチを躱《かわ》した。すかさず肘《ひじ》打ちを返す。エルボーは相手の側頭部を捉えた。柄シャツの男が横に吹っ飛んだ。多門は、ゆっくりと男に近づいた。男が頭に手を当てながら、起き上がった。

多門はステップインして、相手の睾丸《こうがん》を蹴り上げた。

男は両手で股間を押さえながら、その場に頽《くずお》れた。多門は男の背後に回り込んで、腹這《ば》いにさせた。椰子《やし》の実《み》大の膝頭で相手の腰を押さえつけ、利《き》き腕を肩の近くまで捩《ね》じ上げる。

「てめえらは、水口雅和の遊び仲間らしいな」

「誰なんだよ、あんた？」

「訊かれたことに答えりゃいいんだよ、てめえはな。どうなんだっ」

「水口さんは、おれたちの兄貴分みたいなもんだよ」

「そうかい。てめえら、六日前に美人弁護士を拉致しようとしたんじゃねえのか？」

多門は問いながら、丸刈りの男に目を向けた。男は倒れたまま、起き上がる素振りも見せない。

「美人弁護士って、朝倉華奈のことかよ？」

「そうだ。てめえらは、彼女をワゴン車に無理矢理に乗せようとしたなっ」

「それは……」

相手が言い澱《よど》んだ。

多門は男の右腕をさらに捩上げた。男が痛みを訴えてから、早口で言った。

「その女を引っさらってくれって、水口さんに頼まれたんだ。だけど、失敗《ドジ》踏んじまったんだよ」

「で、三日ぐらい前に改めて華奈を拉致したわけか。そうなんだなっ」

「何言ってるんだよ？　失敗《ドジ》ってから、おれたちは一度も女弁護士にゃ近づいてないよ。ほんとだって。あの彼女、誰かに引っさらわれたの？」

「ああ、おそらくな」

「それじゃ、水口さんがほかの奴に拉致させたのかもしれねえな」

「思い当たる実行犯は？」

「さあ、誰がやったんだか。水口さんは顔が広いから、知り合いが大勢いるんだ」

「いま水口は、どこにいる？」

「レストランシップで東京湾をクルージング中のはずだよ。水口さん、結婚相談所主催の見合いパーティーに参加してるんだ」

「結婚詐欺の新しいカモを見つけに行ったわけか」

「なんでそんなことまで知ってんだよ!?」

「余計な口はきくな。レストランシップの船名は？」

「『メリッサ号』だったかな。八時半に竹芝桟橋《たけしばさんばし》に帰港するとか言ってた」

「そうか。てめえらの遊び仲間で、コルト・コマンダーを持ってる男がいるんじゃねえのか？　三十歳前後の野郎だ」

「そんな奴、知らねえな」

「嘘じゃねえなっ」

「ああ」

「水口は朝倉華奈をてめえらに拉致させて、どうするつもりだったんだ？」

「女弁護士に恨みがあるとかで、水口さん、彼女をレイプして、恥ずかしい動画を撮《と》るつもりだったみたいだぜ。おれは、そこまでしか知らない。もう赦《ゆる》してくれよ」

「水口に告げ口したら、てめえらをぶっ殺すぞ」

多門は言うなり、男の肩の関節を外した。

男が、のたうち回りはじめた。相棒の丸刈りが弾《はじ》かれたように立ち上がり、一目散に逃げ去った。

多門は児童公園を出て、ボルボを路上駐車してある場所に足を向けた。

車のドア・ロックを解《と》いたとき、杉浦から電話がかかってきた。

「クマ、美人弁護士に関する情報は何も掴めなかったよ」

「そう。まだ華奈の捜索願も出してないんだから、仕方ないさ。おれは、これから水口を締め上げに行く」

多門は経過をかいつまんで伝え、先に通話を切り上げた。ボルボに乗り込み、竹芝桟橋に向かう。

目的地に着いたのは八時十分過ぎだった。

多門は車を船客ターミナルの近くに停め、ヘッドライトを消した。右手にライトアップされたレインボーブリッジが見える。

多門は煙草を吹かしながら、『メリッサ号』が戻ってくるのを待った。レストランシップが帰港したのは、きっかり八時半だった。

多門は車を降り、船客ターミナルに急いだ。

少し待つと、横づけされた『メリッサ号』のタラップから水口が降りてきた。

色白の美女を伴《ともな》っている。おそらく結婚詐欺のカモだろう。水口はアルバムの写真よりも若々しく見える。派手な服装のせいだろうか。

多門は水口たち二人の前に立ちはだかり、懐から模造警察手帳を抓《つま》み出した。いつも各種の偽造身分証明書を持ち歩き、必要に応じて使い分けていた。

「刑事さんが、なぜ、わたしのところに？」

「水口雅和だな」

「そうです」

「詐欺容疑で緊急逮捕する。令状は、すぐに同僚刑事が持ってくる」

「ま、待ってくださいよ。きっと何かの間違いです」

「おまえには、結婚詐欺の前科がある」

「それは、もう昔の話じゃありませんかっ」

水口が抗議口調で言い、連れの女性に目で何か訴えた。

色白の女性は童女のように無言で首を横に振り、不意に走りだした。みるみる彼女は遠ざかっていった。

「あの娘《こ》をカモにする気だったんだなっ」

「違いますよ。逮捕状を見せてもらうまで、一歩も動かない」

「おまえの気持ち次第では、わざと取り逃がしたことにしてやってもいい」

多門は水口の耳許で囁《ささや》いた。

「それ、どういう意味なんです？」

「おれたちの俸給は安いから、小遣いにも不自由してるんだ。そこまで言えば、わかるだろうが」

「そういう意味でしたか。でも、持ち合わせが三十数万しかないな」

「三十万で手を打とう。ただ、ここじゃ金は受け取れないな。人のいない場所に行こうや」

「ええ、そうしましょう」

水口が安堵《あんど》した顔で言った。

多門は水口をターミナルの外れの暗がりに連れ込み、いきなり送り足払いを掛けた。水口はコンクリートに腰を打ちつけ、長く唸った。

多門は水口の腹を蹴った。

水口が体をくの字に折って、歯を剝《む》いた。多門は今度は口許《くちもと》に蹴りを入れた。めりっという音がした。水口がむせながら、折れた前歯を吐き出す。血塗れだった。

「朝倉華奈はどこにいる？　彼女を二、三日前、誰かに拉致させたんじゃねえのかっ」

「二、三日前だって⁉　六日前に飲み友達を使って、朝倉弁護士を引っさらおうとしたんだけど、逃げられてしまったんだ。それで、拉致することはもう諦《あきら》めたんだよ。彼女、誰かに誘拐されたんだな。いい気味だ。あの女、生意気だったからな。レイプされて、殺されりゃいいんだ」

「華奈の悪口を言うんじゃねえ」

多門は激昂《げっこう》し、キックの雨を降らせた。

水口は天敵に遭遇したアルマジロのように四肢《しし》を縮《ちぢ》め、ひたすら耐えている。やがて、彼はぐったりとなった。

「もう一度訊《き》く。華奈の失踪《しっそう》には関与してねえんだな？」

「ああ、天地神明に誓ってもいいよ」

「年寄りっぽいことを言うんだな。おまえ、祖父母に育てられたのか？　話が脱線してるな。四日前の暴漢も、おまえが雇ったんじゃないんだなっ。コルト・コマンダーを持ってる奴のことだ。そいつは高輪のホテルに押し入って、華奈をハンティング・ナイフで傷つけようとした」

「あんた、偽刑事だな」

「いいから、質問に早く答えろ！」

「そんな男、雇った憶《おぼ》えはない。くどいようだが、朝倉弁護士も拉致させてない。信じてくれよ」

「いいだろう。その代わり、カモにした女たちから騙し取った金品はそっくり返してやれ。おれは被害者のリストを持ってるんだ」

多門は、はったりを口にした。

「いまの話、ほんとなのか!?」

「ああ」

「金は、もう幾らも残ってないんだ。迷惑をかけた女たちには詫《わ》び状を書くから、それで勘弁してくれないか」

水口が弱々しい声で哀願した。

「総額で、どのくらい騙し取ったんだ?」

「四千万円以上にはなると思うよ」

「親兄弟に泣きついて、なんとか金を工面《くめん》するんだな。それでも足りなかったら、闇金融にでも行け!」

「そんなことをしたら、身の破滅だよ」

「自業自得《じごうじとく》だ。おれの言った通りにしなかったら、てめえを生きたままガスバーナーで焼いちまうぞ」

「本気なのか!?」

「もちろんだ。明日から金策に駆けずり回るんだな」

多門は水口の端整《たんせい》な顔を蹴りつけ、のっしのっしと歩きはじめた。

第二章　不審な依頼人たち

1

インターフォンが鳴り熄《や》まない。

多門は眠りを突き破られた。舌打ちして、跳《は》ね起きる。キングサイズのベッドが軋《きし》んだ。

眠くてたまらない。塒《ねぐら》に戻ったのは明け方だった。

竹芝桟橋を離れた後、多門は当てもなくボルボを走らせつづけた。都内のどこかに華奈が監禁されているような気がして、じっとしていられなかったのだ。

多門は空きビルや倉庫を見かけると、必ず車を停めた。そして、いちいち建物の内部に入ってみた。しかし、どこにも華奈の姿はなかった。

多門はナイトテーブルから、オーデマ・ピゲを掴み上げた。あと数分で、午後二時になる。

何かのセールスマンだったら、怒鳴りつけてやろう。

多門は高級腕時計を左手首に嵌《は》め、ベッドから離れた。ダイニングキッチンを抜け、玄関ホールに急ぐ。トランクスしか身にまとっていない。多門はドアスコープに片目を寄せた。

来訪者はチコだった。元暴走族のニューハーフである。

チコは、新宿区役所の裏手にあるニューハーフクラブ『孔雀《くじやく》』のナンバーワンだ。まだ二十代の後半だった。二十六歳だったか。正確な年齢は知らない。

外見は、女そのものだ。チコは数年前に闇の性転換手術を受けていた。執刀した某大学病院の外科部長は、なかなかの腕だ。チコの人工女性器は実に精巧にできていた。

いつだったか、多門はチコに跨《また》がられたことがある。そんなことでチコにペニスをしごかれ、人工女性器に導かれたのだった。

チコが腰を弾ませているうちに、多門は不覚にも精を放ってしまった。チコの内部の構造も女性のそれとあまり変わらなかった。

多門は田上組の舎弟頭だったころ、たまたま体育会系の大学生たちにニューハーフとからかわれていたチコに加勢してやったことがある。

それが縁で、なんとなく交遊を重ねるようになったのだ。

「クマさん、早くドアを開けてちょうだい。手提《さ》げ袋の中に梨《なし》が十五個も入ってるから、とっても重いのよ」

ドアの向こうで、チコが言った。

「ちょっと待ってろ。おれはパンツ一丁なんだ」

「あら、どこの牝猫《めすねこ》をベッドに引っ張り込んだの？　あたしって彼女がいるっていうのに。浮気者！」

「チコ、でけえ声出すんじゃねえよ。知らない人間は、おれたち二人が特別な間柄と誤解するだろうが」

「実際、その通りでしょ？　わたしたちは、もう体で愛を確かめ合った仲なんだから」

「チコ、何を言ってやがるんだっ」

多門は焦《あせ》ってシリンダー錠を起こし、急いでドアを開けた。チコが両手でビニールの手提げ袋を持ちながら、三和土《たたき》に入ってきた。

「奥に誰かいるの？」

「誰もいねえよ。おれは、まだ寝てたんだ。インターフォンがしつこく鳴ってたんで、目が覚めちまったんだよ」

多門はチコに言って、寝室に戻った。

手早く身繕《みづくろ》いをし、ダイニングキッチンに移る。チコはダイニングテーブルに向かい、手鏡を覗《のぞ》いていた。卓上には手提げ袋が載《の》っている。

「この梨、とってもジューシーでおいしいの。お店のお客さんがわざわざ自分の田舎に連絡して、あたしの自宅に宅配便で送ってくれたのよ」

「別に梨なんか珍しかねえだろうが」

「クマさん、どうしてそういう言い方しかできないの？　あたしは好きな男性《ひと》に食べさせたくて、わざわざ重いのに届けにきたのにさ」

「それじゃ、そのうち喰ってやらあ」

「まあ、憎たらしい！　でも、赦《ゆる》してあげる。どんなに冷たくされても、クマさんはあたしのダーリンだから」

「気持ち悪いこと言うんじゃねえよ」

多門は冷蔵庫に歩み寄り、冷えたペットボトル入りのコーラを取り出した。それをチコの前に置き、向き合う位置に坐る。

「そいつを飲んだら、帰ってくれ」

「なんか機嫌が悪いのね。また、どこかの女にいいように利用されちゃった？」

「そんなんじゃねえよ」

「だいたいクマさんは、女たちに甘すぎるわ。というよりも、女どもを美化しすぎてるのよね」

チコが言ってコーラをひと口飲んだ。

多門はロングピースをくわえた。まともに返事をしたら、チコを長居させることになる。いまは華奈の安否が気がかりで、軽口をたたき合う気にもなれない。

「クマさんほどの遊び人がどうして女たちの本性《ほんしょう》を見抜けないのかな。彼女たちは程度の差こそあるけど、例外なく逞《たくま》しくて強《したた》かなの。おとなしそうに振る舞ってても、結構、あばずれだったりするんだから」

「よく喋る野郎だ」

「あたしは、もう体も心も女よ。それはともかく、女の本質は小商人《こあきんど》と同じなの」

「小商人？」

多門は問い返した。

「ええ、そう。愛想笑いなんかして、優しげに喋ったりしてるけど、頭の隅では常に損得を考えながら、うまく立ち回ってる。要するに、女たちは神経が図太くて狡《ずる》いの！　きれいごとを言ってたって、結局、上手に男たちを手玉に取ってるわけよ。だから、女のほうが男よりも平均寿命が長いんだと思うわ」

「おめえの女性観は歪《ゆが》んでる。そんな女ばかりじゃない。仮にチコの目にそんなふうに映る女性がいたとしても、その当人が悪いわけじゃないな」

「クマさん、もう少しわかりやすく言ってちょうだいよ」

「簡単に言っちまえば、この世に悪女がいるとすりゃ、それは関わりのある野郎たちに影響されたからにちがいねえってことさ。どの女性も本来は無垢《むく》で優しいんだよ」

「クマさん、マジで言ってんの!?」

「マジもマジだ」

「中学生の坊やだって、いまどきそんなに純情じゃないわよ。クマさんは、ちょっと変だわ。精神的に稚《おさな》すぎるもん。何かで、精神の成長が止まっちゃったのね」

「おれの精神は稚いことなんてないよ。おめえこそ、変わってるぜ。男に生まれたのに女になりたがったんだからな」

「そのことについては以前、クマさんに話したことがあるでしょ！　あたしは物心ついてから、自分が男であることにずっと違和感を覚えてたのっ。本来、あたしは女に生まれるべきだったのよ。でも、神さまのいたずらか何かで男に生まれちゃったの！」

チコが言い返した。それまでの表情とは、明らかに違っていた。多門の言葉に深く傷ついたのだろう。

「チコ、勘弁してくれ。おめえを傷つけちまった……」

多門は軽く頭を下げ、短くなったロングピースの火を揉み消した。

「あたしのほうこそ、悪かったわ。クマさんの女性観はよくわかってるくせに、つい稚いだなんて言ってしまって、ごめんなさい」

「もういいって」

「あたしはね、クマさんがあまりにも女たちと無防備につき合ってるから、つい憎まれ口をたたきたくなっちゃうの。だってさ、クマさんは惚れっぽい性質《たち》だし、女に頼られたら、絶対に無理をしてでも相手の力になってあげるでしょ？」

「好きな女が何かで困ってるんだったら、ほうってはおけないじゃねえか」

「そういう考えが甘いというか、気が好《よ》すぎるのよ。もしかしたら、相手の女はクマさんを上手に利用してるだけかもしれないのに。そんなふうに他人に利用されるのは、なんか癪《しゃく》だとは思わない？」

「別に思わねえな。仮に相手がおれから銭《ぜに》を引き出すことを企《たくら》んでたとしても、そうせざるを得ない切羽《せっぱ》詰まった事情があったんだろうよ。そこまで追い詰められた女性がいたら、誰かが手を差し伸べてやらなきゃな。誰の言葉だったか忘れちまったけど、男の背中は、か弱い女を背負うためにあるんだってさ」

「クマさん、そんな古臭い考えは早く捨てなきゃ駄目よ。女たちは、ちっとも弱くなんかないの。クマさんの何十倍も勁《つよ》いと思うわ。その証拠に、自殺するのは圧倒的に男のほうが多いでしょ？」

「そういえば、そうだな」

「女は本質的に牝《めす》なのよ。保護能力のある牡《おす》をちゃんと選んで、子供を産んで育てられるの。何かの事情で頼れるパートナーがいなくなったとしても、ちゃんと別の牡を見つける能力を具《そな》えてるのよ。だからね、クマさんが必要以上に女たちの面倒を見る必要なんかないの！」

「そんな女は、ほんの少ししかいねえさ。ふつうの女性たちは男社会の中でハンディを感じながら、懸命に生きてる。おれはな、向かい風を切り裂《さ》きながら、凜然《りんぜん》と生きてる女たちが好きなんだよ。おれのおふくろは、そんなふうに生きてた。カッコよかったぜ」

「お母さんは、シングルマザーだったのよね？」

「ああ。おふくろは妻子のいる男に惚れたんで、未婚のまま、このおれを産んだ。そして、相手の男に頼ることなく、女手ひとつでおれを育ててくれたんだよ」

「その話は聞いたことがあるわ。クマさんのお母さんは看護師だったんでしょ？」

「そうだ」

「クマさん、いま謎が解けたわ」

チコが明るく言った。

「謎だって？」

「そう。クマさんにとって、亡くなったお母さんは理想の女性なのよ」

「おれがマザコン男だってか？」

「ある意味では、そうなんでしょうね。クマさんの理想の女性はお母さんなのよ。当たり前の話だけど、母親は子供の前では内面のどろどろとした面は極力《きょくりょく》、見せないようにしてたはずだわ」

「それは、そうだろうな」

「しかし、人間は誰も内面に憎悪、嫉妬《しっと》、不安、寂しさなんかを抱えてる。ひとりのときはクマさんのお母さんだって、それなりに悩んでたでしょうよ。こんなこと言うと、クマさんは怒るだろうけど、性的な渇《かわ》きに苦しめられた夜だってあるにちがいないわ」

「えっ」

多門は考えてもみなかったことを言われ、パニックに陥《おちい》りそうになった。

不倫相手である多門の実父と母が密会している気配はうかがえなかった。とすれば、性の疼《うず》きを母は自分で鎮《しず》めていたのか。そこまで考え、慌《あわ》てて想像の翼を縮めた。母の爽《さわ》やかなイメージが穢《けが》れてしまう気がしたからだ。

「だけど、クマさんのお母さんは女の生々しい側面は絶対に見せなかったんだと思う。だから、クマさんは女性を神聖視したり、美化しちゃうんでしょうね。ある心理学者が、人生観や恋愛観は幼時体験でほぼ決まると言ってるの。あたしも、そう思うわ。だから、クマさんの女性観を変えるのは難しいでしょうね」

「変える気なんてねえよ。変えたら、おれがおれじゃなくなっちまうからな」

「クマさんは我《が》が強いからね。それが長所でもあり、短所でもあるのよ。ね、わかってる？」

「それは自覚してらあ」

「でしょうね。ところで、クマさん、どんな心配事を抱えてるの？」

チコがそう言い、多門の顔を覗き込んだ。

「別に心配事なんてねえよ」

「ごまかしても、あたしには通用しないわ。あたしね、好きな男性の心の中がわかっちゃうの。いまクマさんは、想いを寄せてる女のことを考えてる。図星《ずぼし》でしょ？」

「チコ、いつから人の心が読めるようになったんだよ」

「やっぱり、そうだったのね。その女性は、何かトラブルに巻き込まれてるんじゃない？」

「そこまで読めるとは驚きだな」

多門は短く迷ってから、華奈の消息がわからないことを打ち明けた。

「それは心配ね。でも、無事だと思う」

「だといいな」

「クマさん、元気出して。〝暴れ熊〟は、いつもワイルドでいなくっちゃ。一緒に梨を食べましょ。ね？」

チコが椅子から立ち上がって、持参した手提げ袋の中から大振りの梨を二個摑み出した。

流し台の前に立ち、ステンレスの文化庖丁《ぶんかぼうちょう》で器用に梨の皮を剝《む》く。

ほどなく、二人は差し向かいで梨を齧《かじ》りはじめた。確かに梨はジューシーで、甘みがあった。

チコが気を遣《つか》って、あれこれ話しかけてくる。

しかし、会話は弾まなかった。チコは午後四時ごろ、帰っていった。

多門はチコを玄関先まで見送り、寝室に入った。テレビの電源スイッチを入れ、チャンネルを次々に換えた。

ある民放局がニュースを報じていた。

多門は遠隔操作器《リモート・コントローラー》を手にして、ベッドに浅く腰かけた。画面には、収賄容疑で逮捕された国会議員の自宅が映し出されていた。

そのニュースが終わると、画面が変わった。映し出されたのは、どこかの雑木林だった。

「きょう午後一時半ごろ、東京・八王子《はちおうじ》市内の雑木林の中で女性の全裸惨殺体が発見されました。警察の調べで、殺された女性は渋谷区恵比寿三丁目の弁護士、朝倉華奈さん、二十九歳とわかりました」

男性アナウンサーが言葉を切った。ほとんど同時に、華奈の顔写真が映し出された。

多門は一瞬、わが目を疑った。しかし、画面に映っているのはまさしく華奈の顔だった。

頭の中が白くなった。すぐに無数の気泡が頭の中を埋め尽くす。

多門は体から血の気《け》が引くのを鮮やかに意識した。そのくせ、頭の芯は妙に熱かった。

「朝倉さんは別の場所で刃物で頸動脈《けいどうみゃく》を切断され、現場に遺棄《いき》された模様です。事件現場から衣類や所持品は発見されていません。朝倉さんは数日前から行方がわからなくなっていました。そのほか詳しいことはわかっていません。次は、半グレグループによる集団暴行事件のニュースです」

またもや画像が変わった。

多門はテレビの電源を切り、リモート・コントローラーを床に叩きつけた。ショックは大きかった。犯人には殺意さえ覚えた。

頭の中で気泡が圧《お》し合い、次々に弾《はじ》けた。胸の奥から悲しみが迫《せ》り上げてきた。目頭が熱くなった。多門は奥歯をきつく嚙みしめて、太腿の上で両の拳《こぶし》を固めた。

そのとき、視界が涙でぼやけた。

「華奈、なんで死んじまったんだ」

多門は天井をふり仰《あお》ぎ、虚《うつ》ろに呟《つぶや》いた。

瞬《まばた》きをすると、涙の雫《しずく》が零《こぼ》れた。涙は頰を伝って、顎《あご》の先まで滑り落ちた。

多門は心の中で故人に詫《わ》びた。

悲しみと憤《いきどお》りが縺《もつ》れ合いながら、胸一杯に拡《ひろ》がった。多門は恥も外聞もなく泣き声を放った。むせび泣きではなかった。号泣だった。脳裏には、ありし日の華奈の姿が走馬灯《そうまとう》のように駆け巡《めぐ》っている。どれも笑顔だった。それが新たな悲しみを誘った。

多門は涙が涸《か》れると、杉浦のスマートフォンを鳴らした。

「クマ、大変なことになったな。いま、そっちに電話しようと思ってたんだ。テレビのニュースで美人弁護士が殺されたことを知ったんだよ」

先に杉浦が言った。

「杉さん、八王子署から捜査情報を入手してくれないか」

「もちろん、そのつもりだったさ。何かわかったら、すぐに連絡するよ」

「頼むね」

「クマ、辛《つれ》えだろうが、耐えろ。いつか時間が悲しみを癒《いや》してくれる。それまで泣きたいだけ泣けや。男だって涙を堪《こら》えることはないんだ。泣きたいときは、ガキみてえに泣きじゃくればいいんだよ」

「ありがとよ、杉さん！」

多門はスマートフォンを黒いスタンドカラーの長袖シャツの胸ポケットに突っ込むと、芥子《からし》色の上着を小脇に抱えた。そのまま部屋を出て、エレベーターで一階に下る。

多門はマンションの専用駐車場でボルボに乗り込み、恵比寿に向かった。何かに急《せ》き立てられ、華奈の自宅に行ってみる気になったのだ。

二十分そこそこで、目的のマンションに着いた。

マンションの近くには、数台の覆面パトカーが縦列に連《つら》なっている。刑事たちが被害者宅から捜査資料を運び出し、地取りと呼ばれる聞き込み捜査をしているのだろう。

多門は車をマンションから少し離れた路上に駐め、華奈の部屋のある五階まで上がってみた。五〇五号室のドアは開け放たれ、歩廊《ほろう》には腕章を付けた捜査員たちがたたずんでいた。

多門は踵《きびす》を返し、エレベーターの函《ケージ》に乗り込んだ。マンションの前の道に出たとき、一台のタクシーが停まった。

後部座席から慌ただしく降りたのは三田村理恵だった。泣き腫《は》らした瞼《まぶた》が痛々しい。

「テレビニュースで朝倉先輩のことを知った母が、電話で会社にいるわたしに教えてくれたんです」

「そう」

「多門さん、なんだって、こんなことになってしまったの？　先輩は誰からも愛されていたのに」

「そうだったな。彼女の部屋には捜査員たちがいて、中に入れなかったんだ。おれの車の中で少し待ってみよう」

多門は理恵をボルボに導き、先に助手席に坐らせた。運転席に入ったとき、理恵が両手で顔面を覆《おお》って嗚咽《おえつ》にむせんだ。

多門はカーラジオを点《つ》け、チューナーをＦＭ東京に合わせた。ブルース・スプリングスティーンの鋭角的なロックが流れてきた。少しは音消しになるだろう。

多門は背凭《せもた》れに上体を預けた。

数秒後、理恵の泣き声が高くなった。多門は理恵の震える肩に片手を当てたが、敢《あ》えて何も言わなかった。こんな場合、言葉は無力だ。

やがて、彼女は泣き熄《や》んだ。多門は、さりげなくラジオの電源を切った。

二人は言葉少なに故人を偲《しの》びはじめた。

話が中断したとき、理恵が意を決したように告げた。

「先輩は妊娠してたんです。確か三カ月目に入ってたはずです。もちろん、多門さんの子供よ」

「その話に間違いはないのか？」

「ええ。朝倉先輩がわたしにだけ打ち明けてくれたの。先輩はかなり悩んだ末に、シングルマザーになる気になったんです。多門さんに妊娠のことを告げたら、いろいろ迷惑をかけるだろうからって、先輩は五カ月目に入ったら、休職する気だったんですよ。出産するまでは多門さんには会わないつもりだと言っていました」

「そうだったのか。犯人は華奈だけじゃなく、おれの子の命まで奪いやがったわけだな。くそっ」

多門は拳《こぶし》でステアリングを打ち据《す》えた。

華奈のいじらしさと勁《つよ》さに魂を揺さぶられてもいた。哀惜《あいせき》の念が募《つの》りに募った。華奈の透明な笑顔が脳裏に浮かんで消える。彼女の一挙一動《いっきょいちどう》が鮮やかに思い出された。髪や肌の匂いも蘇った。

午後六時になっても、捜査員たちは引き揚げる様子がない。

「そっちを職場に送り届けたら、いったん自宅に戻りたいんだ。いいかい？」

「ええ、そうしたほうがよさそうね」

理恵が同意した。多門は車を穏《おだ》やかに走らせはじめた。

2

少しも酔えない。

多門はアブサンの罎《びん》を傾けた。

強い酒だ。アルコールの含有率は七十パーセント近い。喉《のど》がひりつき、胃が熱くなった。

ダイニングテーブルの上には、空いたボトルが三つ転がっている。自宅マンションのダイニングキッチンだ。

午後八時過ぎだった。

多門は車で理恵を職場まで送ると、まっすぐ帰宅した。それから、すぐにアブサンを呷《あお》りはじめた。しかし、いっこうに酩酊《めいてい》の兆《きざ》しはなかった。

早く酔ってしまいたい。

多門は頭髪を搔き毟《むし》り、肘《ひじ》で卓上を叩いた。空のボトルがわずかに跳《は》ね、テーブルの上を短く転がった。

杉浦から電話がかかってきたのは、一本目のアブサンを飲み終えたときだった。

華奈の司法解剖は杏林《きょうりん》大学の法医学教室で行なわれたらしい。死因は失血死だという。死亡推定時刻は、きょうの午前四時から六時の間という話だった。

凶器の西洋剃刀《かみそり》は、数百メートル離れた廃屋《はいおく》の中で発見されたそうだ。しかし、凶器の柄や刃には犯人の指紋や掌紋《しょうもん》は付着していなかったらしい。殺人者は手袋を嵌《は》めてから、凶行に及んだのだろう。

華奈は性的な暴行は受けていなかった。それが、せめてもの救いだ。

廃屋の土間には、夥《おびただ》しい血痕が見られたという。そこが殺害現場だったのだろう。また、廃屋の一室には華奈の衣服やトートバッグが遺《のこ》されていたらしい。USBメモリーやデジタルカメラのSDカードは所持していなかった。そうした物は、信用できる人物に預けてあるのだろうか。

遺体のそばには、ラスクの食べ残しやジュースの空き缶が転がっていたという。

華奈は犯人に拉致され、その廃屋にすぐ監禁されたのか。そうではなく、連れ去られた当日は別の所に閉じ込められていたのかもしれない。どちらにしても、華奈は殺されるまで恐怖と不安にさいなまれつづけたのだろう。脱走を試《こころ》みたとも考えられる。だが、それは叶《かな》わなかったわけだ。

そのとき、華奈は絶望感に打ちひしがれたにちがいない。犯人は現金や貴金属は持ち去っていないという。

犯行の動機は怨恨《えんこん》なのか。それとも、華奈は他人の秘密を知ったために若死にさせられることになったのだろうか。いずれにしても、故人は無念だったにちがいない。

華奈の亡骸《なきがら》は、もう藤沢の実家に搬送《はんそう》されただろう。今夜は親族だけの仮通夜で、明日、本通夜が営《いとな》まれるらしい。言うまでもなく、多門は本通夜には顔を出すつもりだ。

それにしても、華奈の運命は過酷すぎる。まだ三十歳にもなっていなかった。おまけに、子を宿していた。神も仏もいないのか。あまりにも無慈悲だ。

代われるものなら、自分が代わってやりたかった。

多門は四本目のアブサンを飲み干し、煙草に火を点けた。脳裏にこびりついた華奈の残像が消えない。悲しみだけが、いたずらに膨らむ。多門は溜息をつきながら、一服し終えた。

アブサンは、もう空になっていた。

多門は椅子から立ち上がって、サイドボードの中から未開封のバランタインのボトルを取り出した。十七年物のスコッチ・ウイスキーだ。

ロックグラスに大きな氷の塊を落とし、ウイスキーをなみなみと注ぐ。多門は椅子にどっかと腰かけ、グラスを口に運んだ。

ちょうどそのとき、インターフォンが鳴った。

だが、多門は動かなかった。ひとりで弔《とむら》い酒を傾けたかったからだ。

「クマ、おれだよ」

ドアの向こうで、杉浦が大声で告げた。居留守を使うわけにはいかない。

多門はのっそりと立ち上がり、玄関ホールに向かった。ドアを開けると、杉浦が小さな包みを胸の高さに掲《かか》げた。

「焼鳥だよ。一緒に喰おうや」

「杉さん、気を遣《つか》わせてしまったね」

「何を言ってやがる。もう飲《や》ってたんだろう？」

「素面《しらふ》じゃ辛いからな。杉さん、上がってよ」

多門は玄関マットまで後退した。

杉浦が飄然《ひょうぜん》と入ってきた。小柄だ。背丈は百六十センチそこそこしかない。それでいて、どことなく迫力がある。

頰が深く削《そ》げているからか、顔は逆三角形に近かった。鋭い目は、いつも赤い。慢性的な寝不足だからだろう。杉浦はよほどのことがない限り、どんなに忙しくても、ほぼ毎日、妻を見舞っていた。

「杉さんは日本酒か焼酎《しょうちゅう》がいいんだろうが、あいにく両方ともないんだ」

「ウイスキーでいいよ」

「そう」

多門は杉浦を椅子に坐らせ、手早くスコッチのロックを用意した。杉浦が手土産の包みを押し開く。焼鳥は三十串ほどあった。

多門は杉浦の前に坐った。

二人はグラスを掲げ、献杯した。杉浦がひと口啜《すす》ってから、ぽつりと言った。

「後でチコがここに来るかもしれねえ」

「えっ、チコが？」

「ああ。美人弁護士が殺されたこと、電話でチコに教えてやったんだ。チコ、クマがかわいそうだと言って、涙ぐんでたよ」

「そうか」

「余計なことをしちまったかな？」

「いや、そんなことはないよ」

「こんな晩は、独《ひと》り酒はよくない。自分だけで弔い酒を呷ってると、どうしても気が滅入《めい》っちまうからな。というのは表向きの話で、実は久しぶりにクマとしみじみと飲みてえと思ったんだ」

「杉さん……」

「そんな面《つら》すんなって。別におれは、クマを慰めに来たわけじゃねえんだ。ただ、一緒に酒を喰らいたかったんだよ」

「優しいな、杉さんは」

「クマ、よせやい。そんなこと言われたら、尻《けつ》の穴がむず痒《がゆ》くなるだろうが」

「ちゃんと尻を洗わなかったんじゃないの？」

多門は冗談を返した。杉浦の顔を見たときから、少し気が紛《まぎ》れはじめていた。

「七時過ぎに八王子署に犯人だと名乗る若い男が出頭したらしいんだが、偽《ガセ》だったそうだ。その野郎はどうも頭がおかしいみたいで、殺人犯になりすませば、テレビにてめえの姿が映るだろうと言ってたようなんだよ」

「人騒がせな奴だ」

「まったくな。夕方、八王子署に捜査本部《チヨウバ》が設置されて、総勢四十三人の捜査員が動きはじめたそうだよ。けど、まだ手がかりらしい手がかりは何も……」

「そう。犯行現場の廃屋の所有者から何か手がかりが得られそうだがな。所有者の割り出しは？」

「九年前まで老夫婦が住んでたらしいんだが、相次いで病死したとかで、遠縁の者が相続を放棄して、約八百坪の土地を八王子市に寄贈したんだ。けど、すぐに何かに利用できる場所じゃないんで、そのまま放置されてたみたいだな」

「廃屋の周《まわ》りに民家は？」

「ないそうだ。そんなことで、時々、地元のワルガキどもが廃屋で酒盛りしたり、ラブホテル代わりに使ってたらしい。捜査当局はそいつらに聞き込みをしたんだが、誰も犯人らしい人影は見てないというんだ。それから、被害者の姿もな」

杉浦がそう言い、焼鳥の串を抓《つま》み上げた。

「周囲に民家がないといっても、現場は八王子市内だよね？」

「ああ。もっとも外れらしいがな。廃屋は低い山の中腹にあって、市道から七、八百メートル離れてるというんだ。農道をたどると、その廃屋の前に出るって話だったな。農道の両側は畑で、いつも人気《ひとけ》はないんだってよ」

「そういう場所なら、目撃証言は得られないかもしれねえな」

「ま、苦労するだろうよ。しかし、犯人には土地鑑《かん》があるんだろう。地元と何らかの関わりがある人間じゃなければ、そんな廃屋があることさえわからないだろうからな」

「そうだろうね。華奈の頸動脈を搔っ切った犯人は犯行現場から遠くない場所に住んでたか、いま現在も住んでるんじゃないか」

「その可能性はありそうだな。けど、犯人は指紋も掌紋も遺《のこ》してない。そのことから、犯歴があると考えられる。前科《マエ》がないとしても、無法者《アウトロー》なんだろう」

「ああ、おそらくね」

「それから、殺人犯はそれほど若くないようだな」

「杉さん、どうしてそう思うの？」

多門は問いかけた。

「犯人は美人弁護士を素っ裸にしてるが、レイプはしてない。若い男の犯行だとしたら、裸の女を見たら、ついむらむらとするんじゃねえのか」

「杉さん、もういいよ」

「おっと、ごめん！　うっかり無神経なことを口走っちまったな。クマ、勘弁してくれ」

「うん、うん」

「聞きたくないだろうが、もう少し喋らせてくれや。おれは、怨恨による殺しじゃないと筋を読んでる。恨みが引き金になってる場合は、たいていホトケさんをもっと傷つけるもんだ。顔面を刃物で突き刺したり、全身を傷つけたりな」

「怨みや憎しみが犯行動機なら、そこまでやるだろうね。腹いせに性的な辱《はずかし》めを与えるかもしれない」

「ああ、そうだろうな。まだ断定的なことは言えないが、おそらく被害者《マルガイ》は見てはならないものを見ちまったんだろう。クマ、そのあたりのことを探《さぐ》ってみるんだな」

杉浦が言った。

「そうしてみるよ」

「クマは本気で美人弁護士に惚れてたようだな。こんなにしょんぼりしてるクマを見たのは初めてだよ」

「つき合ってる女たちには全員惚れているが、華奈にはぞっこんだったんだ。少なくとも、おれから離れる気はなかった」

多門は一瞬、華奈が妊娠していたことを打ち明けそうになった。しかし、すぐに思い留《とど》まった。話したら、杉浦の気持ちに何らかの負担をかけることになるだろう。

「そこまで彼女を想ってたんだったら、なぜ他の女友達と別れなかったんだ？　クマは気が多すぎらあ。二股どころじゃねえもんな」

「どの女性も魅力があるし、危なっかしく思えて、どうしても遠ざかれないんだよ」

「クマの女好きは、もう病気だな」

「そうなのかもしれない。でもね、おれはどの彼女とも誠実につき合ってる」

「十人もの女たちを操《あやつ》ってて、何が誠実だよ」

杉浦が呆《あき》れ顔で言った。

「そう言われると、返す言葉がないけどね」

「数をこなせば、いいってもんじゃないぜ。長くつき合いたいと思う相手をひとりに絞って、濃密な時間を共有する。それこそ、恋愛の極致《きよくち》だろうが？」

「そうなんだろうが……」

「惨《むご》い言い方だが、死んだ人間はもう還《かえ》ってこない。美人弁護士のことは心のアルバムに閉じ込めて、二番目にお気に入りの相手と本気で愛し合うんだな。人生で最も大事なのは、名声や金じゃない。身を焦《こ》がすような恋愛をすることだよ。おれは別に恋愛至上主義者ってわけじゃないが、最近、とみにそういう思いが強まってる。魂が打ち震えるほどの恋をしなきゃ、人間の一生なんて虚《むな》しいもんじゃねえか」

「杉さん、まさかもう酔ったわけじゃないよね」

「おれが言ってることは、そんなに青っぽいか？　確かに言葉にしちまうと、なんかクサいよな。けどな、生きるために必要なガソリンは恋心さ。クマ、笑いたきゃ笑いな」

「笑ったりしないよ。おれも恋愛が生きるエネルギーになってるという考え方には賛成だね。だけど、たったひとりの女に絞らなきゃならないとなると、悩んじゃうんだ。なぜなら、実際に優劣つけにくいからな」

「欲の深い男だ」

「杉さん、おれは罪深いことをしてるんだろうか」

「どの相手にも目一杯尽《つ》くしてるみてえだから、別に誰からも恨まれちゃいねえだろう」

「それじゃ、ますます人選に迷うな。しばらく現状維持でいくか」

多門は言いながら、目で笑った。悲しみ自体は薄れなかったが、ようやく酔いが少し回ってきた。

二人は焼鳥を頬張りながら、スコッチをロックで飲みつづけた。

チコがやってきたのは十時半ごろだった。カナリアンイエローのスーツ姿だ。

「クマさんに後追い自殺なんかされたら、あたし、困っちゃうから、監視しにきたの」

チコ一流の屈折《くっせつ》した言い方だった。ありきたりの慰め方よりも、はるかにスマートだ。

「店は早退《び》けか？」

「うん、そう。あたしは閉店まで働くつもりだったんだけど、早苗《さなえ》ママが早くクマさんとこに行ってやれって」

「みんなに気を遣《つか》わせちまったな。済まねえ」

多門は軽く頭を下げ、チコをダイニングキッチンに導いた。『孔雀』の早苗ママは、元歌舞伎の女形《おやま》だ。髭《ひげ》は濃いが、科《しな》は実に女っぽい。

「きょうはクマさんを酔わせて、裸踊りでもさせちゃおうね」

チコがそう言いながら、杉浦のかたわらに腰かけた。

多門はスコッチのロックを作り、チコの前に置いた。

「あーら、濃い！　ダブルね。クマさん、あたしを酔わせて、どうするつもり？」

「どうもしねえよ」

「見栄《みえ》張っちゃって。あたしがあんまり色っぽいんで、抱きたくなったのね。いいわよ、好きにして」

チコが流し目をくれ、豊胸手術で膨らませた乳房を両手で持ち上げた。

多門は苦笑して、自分の席に着いた。チコは華奈のことには一切《いっさい》触れようとしなかった。

チコ流の思い遣《や》りなのだろう。

この二人とは死ぬまでつき合うことになりそうだ。

多門は杉浦とチコに目をやってから、ロックグラスに手を伸ばした。

3

内庭は広かった。

大小の庭木が形よく植え込まれ、それぞれが葉を繁《しげ》らせている。藤沢市内にある華奈の実家だ。趣味のいい邸宅だった。

多門は石畳を踏んで、ポーチに向かった。

黒いサマースーツに身を包んでいた。白いワイシャツを着て、黒っぽい地味なネクタイを結んでいる。

広いポーチには、香炉《こうろ》を載せた台が置いてあった。幾人かの弔問客が焼香中だった。

多門は少し待ってから、ポーチの石段を上がった。

玄関の扉は開け放たれている。三和土《たたき》から、三田村理恵が現われた。黒のフォーマルスーツ姿だった。

「わたし、お通夜のお手伝いをさせてもらってるんです」

「それはご苦労さま。華奈の亡骸《なきがら》は、どこに安置されてるの？」

「奥の和室です。先輩のお顔、とってもきれいですよ。まるで眠っているようです」

「案内してくれないか」

多門は玄関の中に入り、黒い紐靴《ひもぐつ》を脱いだ。広い玄関ホールには、線香の匂いがうっすらと漂っていた。

「こちらです」

理恵が案内に立つ。

多門は理恵に従った。胸の中では、一刻も早く変わり果てた華奈に会いたいという気持ちと、彼女の死を認めたくないという思いが交錯していた。

理恵が奥まった和室の前で立ち止まり、静かにドアを開けた。

多門は理恵に一礼して、先に和室に足を踏み入れた。

十畳間だった。亡骸は北枕に安置されている。枕許には、時任所長がいた。礼服姿だ。時任は正坐し、悲しみに耐えている様子だった。故人の顔には白い布が掛けられたままだ。

急ごしらえの祭壇には、花と供物《くもつ》が並んでいた。箸《はし》を垂直に突き立てた盛り飯も見える。

多門は祭壇の近くに控えている二人の男に目礼して、時任の背後に正坐した。そのかたわらに理恵が坐り、小声で言った。

「向こうにいらっしゃる二人は、朝倉先輩のお父さまと弟さんよ。お母さまは別室で臥《ふせ》ってるの」

「心労で倒れてしまったんだろうな?」

「ええ、そうなの。後で、御遺族の方たちを紹介します」

「よろしく」

多門は口を結んだ。

そのすぐ後、時任が男泣きに泣きはじめた。華奈の弟が下を向き、目頭を押さえた。二十五、六歳で、目のあたりが姉に似ていた。

故人の父親は天井を仰ぎ、静かに目を閉じた。

「なぜ、こんなことになってしまったんだ」

時任が亡骸を揺さぶりながら、涙声で言った。遺体の上に覆われた着物が少し乱れ、懐刀が傾いた。

時任はひとしきり泣くと、静かに部屋を出ていった。背後の多門には気づかなかったようだ。

「ご紹介します。こちらは多門さんです。先輩とは親しい間柄だったんですよ」

理恵が多門を見ながら、故人の父親に声をかけた。六十代の半《なか》ばで、髪はロマンスグレイだった。知的な顔立ちだ。

「初めてお目にかかります。このたびは突然のことで……」

多門は型通りの挨拶《あいさつ》をした。

「華奈の父親の恭輔《きようすけ》です。横におりますのは、華奈の弟の弘《ひろし》です」

「お嬢さんのお顔を見せていただいてもよろしいでしょうか」

「どうぞ見てやってください」

朝倉恭輔が言った。

多門は坐ったまま、前に進み出た。短く合掌してから、華奈の顔面に被《かぶ》せてある白布をそっと捲《めく》った。死顔は美しかった。薄化粧が施《ほどこ》され、赤い唇は引き結ばれている。不思議なほど苦悶《くもん》の色はうかがえない。

ただ、首筋の縫合部《ほうごうぶ》が生々しい。傷口はきれいに縫い合わされていたが、凄惨《せいさん》な事件の痕跡は隠しようもなかった。

こんな形で別れることになるとは思ってもみなかった。

多門は太い指で、故人の頬にそっと触れた。ぞくりとするほど冷たかった。ドライアイスを抱かされているせいだろう。

肌の冷たさが華奈の死を実感させた。多門は涙を堪《こら》え、故人の顔を白布で覆い隠した。それから彼は、ずれた着物を掛け直した。

理恵が香炉を多門の前に置いた。

多門は焼香し、長いこと手を合わせた。合掌を解《と》いたとき、華奈の父親が口を開いた。

「わざわざ遠方までお越しいただいて、申し訳ありません」

「いいえ、どういたしまして。何かお手伝いできることがありましたら、遠慮なく申しつけてください」

「お気持ちだけいただきます。派手な葬儀をするつもりはありませんので、すべて葬儀社に任せてあるんですよ」

「そうですか」

「娘とは恋仲だったんですね？」

「ええ」

「それを聞いて、ほっとしました。新婚早々に夫に先立たれたんで、それ以来、恋愛をする気にもなれないのではないかと心配していたのです……がね」

「華奈さんは前向きに生きていましたよ」

「そうだったみたいですね。多門さん、娘は妊娠していたらしいんです。そのことは、ご存じでした？」

「きのう、三田村さんから話を聞きました。華奈さんは、わたしには何も言ってくれなかったんですよ。シングルマザーになる気でいたようです」

「華奈は、あなたをかけがえのない男性と思っていたのでしょう。仕事に精を出すだけではなく、ちゃんと女としての幸せも求めていたんだと思います。それだけに、娘が不憫《ふびん》でね」

「お気持ち、よくわかります」

多門は労《いたわ》りを込めて言った。故人の父は下を向いたまま、顔を上げようとしない。涙ぐんでいるのだろう。

「ぼくは一度だけ、姉から多門さんのことを聞いたことがあります」

華奈の弟が言った。

「どんなふうに言ってました？」

「二メートル近い大男なのに、子供がそのまま大人になったような人物で、とっても母性本能をくすぐられるんだと言っていました」

「そうですか。言われてみれば、こっちは大人子供かもしれないな。要するに、ばかなんでしょうね」

「そうではないと思います。あなたはピュアで不器用なんでしょう。姉は、そういう多門さんに魅《み》せられたんだろうな」

「こっちには、もったいないような相手でした。ところで、生前、お姉さんが何かトラブルに巻き込まれた様子はありませんでした？」

「姉は年に四、五回、この家に帰ってくる程度でしたので、込み入った話をする機会はあまりなかったんですよ。それに姉は家族思いでしたので、自分の悩みや心配事を身内に打ち明けることもありませんでした」

「そう。どこまでできるかわかりませんが、個人的に事件のことを少し調べてみようと思っているんです。好きな女性と自分の子を殺されてしまったわけだから、じっとしていられなくてね」

多門は言った。華奈の弟は困惑顔を父親に向けた。朝倉恭輔が小さくうなずき、多門に顔を向けてきた。

「あなたのお気持ちは理解できるが、それはおやめになったほうがいいな。娘を殺した奴は冷酷な人間にちがいありません。仮に多門さんが警察よりも早く犯人を見つけ出したとしたら、あなたにも危害が加えられるでしょう。最悪の場合は命を奪われてしまうかもしれないな。ですから、どうかそういうことはやめてください」

「しかし……」

「多門さん、お願いです。もうこれ以上、犠牲者は出したくないんですよ。事件の捜査は警察に任せましょう。そうすると約束していただけますね？」

「わかりました。約束しましょう」

多門は、そう答えざるを得なかった。もちろん、犯人捜しを諦《あきら》める気はなかった。

「別室に行きましょうか」

理恵が促《うなが》した。多門は遺族に会釈《えしやく》して、ゆっくりと立ち上がった。

和室を出ると、玄関ホールに面した二十畳ほどの応接間に通された。時任がソファに腰かけ、放心した顔でコーヒーテーブルの一点を見つめていた。ほかには、弔い客の姿はなかった。

「いま、お茶をお持ちしますね」

理恵がそう言い、応接間から出ていった。

「多門さんでしたね。いつ来られたんです？」

時任が話しかけてきた。

「あなたが遺体のそばにいらっしゃるときに奥の和室に入ったんですが、こちらには気づかれなかったようなんで、声をかけなかったんです」

「そうだったのですか。それは、大変失礼しました。亡骸と対面したとたん、なんだか取り乱してしまって、周りに目をやる余裕がなかったんですよ」

「そうでしょうね」

多門は時任と向かい合う位置に腰を落とした。

「赤詐欺屋の水口雅和のことは調べてみました？」

「ええ。水口に直《じか》に会って、詰問《きつもん》してみました。しかし、彼はシロのようでした」

「実はその後、新事実といいますか、新たな手がかりを掴んだんですよ」

「どんな手がかりなんです？」

「わたし自身は気づかなかったんですが、事務所の若い弁護士たちの話によると、朝倉さんは義友会《ぎゆうかい》佐竹組《さたけぐみ》の組長が引き起こした傷害事件の弁護で執行猶予を取れなかったことで、子分たちに逆恨みされてたというんです」

時任が小声で喋った。

義友会は首都圏で四番目にランクされている広域暴力団だ。構成員は二千五百人前後だろう。佐竹組は二次の下部組織で、池袋界隈《いけぶくろかいわい》を縄張りにしている。

「組長の佐竹雄造《ゆうぞう》は現在、服役中です。若頭《わかがしら》の飛松《とびまつ》と舎弟頭の染谷《そめや》の二人が揃《そろ》ってオフィスに乗り込んできて、担当弁護士の朝倉さんを無能呼ばわりした上、キャビネットなんかを押し倒していったらしいんですよ。わたしが留守のときにね」

「それは、いつごろの話です？」

「先々月の中旬のことです。その後も飛松たち二人は東京地裁の前で朝倉弁護士を待ち伏せして、いろいろ因縁《いんねん》をつけたようです。ですので、ひょっとしたら、飛松たち二人が朝倉弁護士を殺害したのかもしれません」

「そうなんでしょうか。少し飛松たちのことを調べてみましょう」

「所長のわたしがもっと若い弁護士たちに目を配っていれば、こんなことにはならなかったんだと思います。わたしが朝倉弁護士を若死にさせてしまったようなものです」

「時任さん、そこまでご自分を責めることはありませんよ。彼女は運が悪かったんです。別にあなたが悪いわけじゃない」

多門は言った。

「いいえ、わたしがもっとスタッフを見守ってやるべきだったんです」

「あなたの責任じゃありませんよ」

「いや、わたしが迂闊《うかつ》だったのです。もう一度、朝倉弁護士に謝ってきます」

時任がソファから立ち上がり、あたふたと応接間から出ていった。

多門はロングピースに火を点けた。

その後、理恵が戻ってきた。鎌倉《かまくら》彫りの盆の上には、二つの湯呑み茶碗が載っていた。

「あら、時任さんは？」

「もう一度、華奈の顔を見てくると言って、奥の和室に行ったよ」

「そうなの。時任さんは若い弁護士たちを自分の弟や妹のようにかわいがってるんでしょうね」

「そうなんだろう」

「わたしは上司に恵まれてるほうじゃないんで、亡くなった先輩が羨ましくなっちゃいます」

「デザイン室の室長は部下たちには高く評価されてないみたいだな？」

「ええ、評価はよくないですね。室長は部下の意見にはまともに耳を傾けようとしませんし、発想がいつも独善的なんですよ。それだけじゃなく、仕事がうまくいかなかったりすると、必ず責任を部下たちに転嫁《てんか》するんです。そのくせ社長や役員の前に出ると、借りてきた猫みたいにおとなしくなっちゃって。要するに、取柄《とりえ》のない上役ですね」

「そういうサラリーマンが多いんだろうな」

多門は喫いさしの煙草の火を揉み消した。

理恵が同調して、コーヒーテーブルに二人分の緑茶を置いた。そのとき、玄関先で弔問客の声がした。男の声だ。慌《あわ》てて理恵が玄関ホールに向かう。

多門は日本茶で喉を潤《うるお》した。

「失礼ですが、どちらさまでしょうか？」

「木戸洋一《きどよういち》といいます。朝倉、いいえ、華奈さんの大学時代の先輩になります。このたびは急なことで、みなさん、驚かれたでしょうね。心からお悔《く》やみ申し上げます。故人のお身内の方ですか？」

「いいえ、わたしは朝倉さんの高校時代の後輩です。三田村理恵といいます」

「そうでしたか」

「失礼ですが、木戸さんのお仕事は？」

「二年前まで毎朝《まいちょう》日報の社会部にいたんですが、いまはフリージャーナリストです」

「朝倉先輩が会うことになっていたのは、あなただったんですね？」

「よくご存じですね。朝倉、いや、華奈さんから、その話を聞かれたんですか？」

「ええ、そうです」

「急ぎの取材があったので、すぐには華奈さんと会えなかったんですよ。もたもたしているうちに、こんなことになってしまって……」

「あなたに引き合わせたい方がいるんですよ。焼香の前に、ちょっと会っていただけます？」

理恵が木戸に言って、急いで応接間に入ってきた。

「遣《や》り取りは聞こえたよ」

多門はすっくと立ち上がり、急ぎ足で玄関ホールに出た。木戸は三十二、三歳で、切れ者という印象を与えた。

多門は自己紹介し、華奈との関係を明かした。

「ぼくに何か？」

「三田村さんから聞いたんだが、故人はあなたに何か相談したがってたようだね？」

「ええ。彼女、具体的なことは話しませんでしたが、誰かを告発したがっているような口ぶりでした。それから電話で、世話になった恩人に矢を向けなければならなくなったと洩らしていました」

「その恩人に心当たりは？」

「そのとき、ぼくの頭にとっさに思い浮かんだのは早明大学法学部教授の柏木正樹《かしわぎまさき》でした。柏木教授は、彼女のゼミの先生だったんですよ」

「そう。華奈は、その柏木教授にどんな恩義があったんだろう？」

「彼女は柏木教授の世話で、時任法律事務所の居候弁護士《イソベン》になったんです」

木戸が説明した。

「時任さんと柏木教授は友人同士か何かなのかな？」

「二人は大学で同期なんですよ。年齢も、まったく同じはずですよ。二人とも、五十四歳だったかな」

「華奈が柏木教授の世話で時任さんの事務所に入ったという話は、誰から聞いたんです？」

「朝倉本人がそう言ってました」

「そう。あなたは、柏木教授のことをよく知ってるのかな？」

多門は畳みかけた。

「顔と名前は知っていますが、ぼくは柏木教授と喋ったこともありません。ぼくは別の先生のゼミを履修《りしゅう》してましたのでね」

「そうですか。ほかに思い当たる人物は？」

「いませんね。多門さんは捜査関係の仕事をされてるんですか？」

木戸が訊いた。

「刑事に見えます？」

「いいえ、見えませんね。もしかしたら、調査会社に勤めてらっしゃるのかな？」

「それも外れです。かつて陸自の第一空挺団にいました。捜査のプロではありませんが、ちょっと探偵の真似事《まねごと》をしてみる気になったわけですよ。いろいろ参考になりました。ありがとう」

多門は木戸に謝意を表した。

「それじゃ、朝倉先輩が安置されているお部屋にご案内します」

理恵が木戸に言った。木戸は緊張した面持《おもも》ちで靴を脱いだ。

「こっちは、これで失礼するよ」

多門は理恵に言った。

理恵が別れの挨拶をして、木戸と一緒に奥の和室に向かった。多門はポーチにたたずんでいる葬儀社の男性社員に目礼し、朝倉邸から出た。

ボルボは数十メートル先の路上に駐《と》めてあったが、門の近くで足を止めた。時任に訊きたいことがあったからだ。

十分ほど待つと、華奈の実家から時任が姿を見せた。多門は時任に話しかけた。

「先生、二、三分よろしいですか？」

「朝倉弁護士のことで、まだお知りになりたいことでも？」

「いいえ、早明大学の柏木教授のことを少し教えていただきたいんですよ」

「あなたが、なぜ柏木君のことをご存じなんです？」

「柏木教授のことは、朝倉さんの知り合いのフリージャーナリストから聞いたんです」

「さっき弔問に訪れた木戸さんのことですね。わたしも彼と名刺交換をしました」

「そうですか。木戸さんから聞いたんですが、朝倉さんは柏木教授の紹介で、あなたの事務所に入ったんだとか？」

「ええ、その通りです。わたし、柏木君とは大学で同期だったんですよ。彼とは学生時代からの交友ですから、お互いに協力し合えることは協力し合ってきたんです」

「柏木教授は、どんな方なんでしょう？」

「悪い奴じゃありません。ただ、ちょっとね」

時任が言いさし、慌てて口を噤《つぐ》んだ。

「あなたから聞いた話は絶対に他言しません。ですので、言いかけたことを教えてもらえませんか」

「いいでしょう。柏木君は女癖がよくないんですよ。彼は、いつも恋愛をしていたいタイプなんです。それで、柏木君はたびたび奥さんを泣かせてきました。若い女性講師と駆け落ちめいたことをしたり、教え子たちとも幾度か過《あやま》ちを……」

「相当な発展家みたいだな」

「そうですね。柏木君は若い時分に文学書をたくさん読んでたんで、女性たちを退屈させないんですよ。だから、不倫相手には困らないんでしょう」

「羨ましい方だな」

「わたしは、そうは思いません。浮気なんかしてたら、仕事に身が入らなくなるでしょうし、家庭も不和になるはずです」

「それはそうでしょうがね」

「臆測《おくそく》でこんなことを言ってはいけないんですが、朝倉弁護士はある時期、柏木君と親密な関係だったのかもしれません。というのは、柏木君はかなり強引に彼女をわたしの事務所で面倒見てくれと言ってきたからです」

「そうなんですか。お引き留めしてしまって、申し訳ありませんでした」

多門は時任に背を向けた。

華奈は、女性にだらしのない恩師を糾弾《きゅうだん》する気だったのか。柏木は自分のスキャンダルが露見することを恐れて、華奈の口を犯罪のプロに封じさせたのだろうか。それとも、佐竹組の幹部たちの仕業《しわざ》なのか。

多門は推測しながら、自分の車に急いだ。

4

読経《どきょう》がはじまった。

僧侶は二人だった。父と息子だろう。顔立ちがよく似ている。

多門は遺族の肩越しに華奈の遺影を見ていた。朝倉家の仏間だ。翌日の午後三時過ぎである。

きょう告別式があり、さきほど略式の初七日の法要が開始されたのだ。祭壇には遺骨が置かれていた。多門の右隣に木戸、左隣には理恵が坐っている。

奥の末席には、故人の同僚の弁護士たちが四人見える。だが、時任所長の姿はない。彼は出棺を見届けると、慌《あわ》ただしく東京に戻っていった。顧問契約を結んでいる大企業で何かトラブルが発生したと語っていた。

華奈の母親が急に後ろに倒れた。

顔には血の気がない。貧血を起こしたのだろう。故人の弟が母親を抱き起こし、別室に連れていった。

僧侶たちの声が一段と高くなったころ、香炉が回されはじめた。

最初に抹香《まっこう》を抓《つま》み上げたのは朝倉恭輔だった。次に仏間に戻ってきた弘が焼香した。

故人の叔父や従兄弟《いとこ》たちの間を香炉が巡り、やがて多門に順番が回ってきた。多門は深い哀悼《あいとう》を込めて、両手を合わせた。

読経が終わった。

二人の僧侶は控えの間に戻った。華奈の父が列席者に礼を述べ、別室に精進落としの料理と酒が用意してあることを告げた。人々が別室に移ってから、多門は祭壇の前にぬかずいた。

献花の百合の香りが濃い。むせそうだ。

華奈、もう少し時間をくれ。必ず犯人を取っ捕まえてやる。

多門は骨箱を撫ではじめた。

突然、彼は故人の遺骨を食べてしまいたい衝動に駆られた。しかし、辛《かろ》うじて思い留《とど》まった。線香をあげ、遺影を見つめる。涙が込み上げてきた。

多門は声を殺して泣いた。涙を手の甲《こう》で拭《ぬぐ》っていると、理恵が仏間にやってきた。

「多門さん、精進落としのお酒を」

「せっかくだが、もう失礼するよ」

「形だけでも……」

「華奈のおふくろさんは？」

「自分の部屋で横になっていますけど、もう心配はなさそうです」

「それはよかった」

多門はおもむろに立ち上がった。

「何か急用があるんですか？」

「うん、ちょっとね」

「そういうことなら、無理に引き留めるわけにはいきません」

「みんなによろしく言っといてくれないか」

「わかりました」

理恵が大きくうなずいた。

多門は仏間を出て、玄関ホールに急いだ。理恵に別れの挨拶をし、ポーチに出た。

朝倉邸を出たとき、木戸洋一に呼びとめられた。多門は立ちどまり、体の向きを変えた。

「何か急用があるそうですね？」

「そうなんだ」

「実は昨夜《ゆうべ》、中野《なかの》の自宅マンションに戻ったら、室内が物色されてたんですよ」

「空き巣にやられたのか」

「いえ、そうじゃないみたいなんです。金品は何も盗《と》られてなかったんですよ。もしかしたら、ぼくの部屋に侵入した奴はＵＳＢメモリーか録音音声の類《たぐい》を探しに来たのかもしれませんね。そう思ったんで、一応、あなたにお伝えする気になったわけです」

木戸が言った。

「侵入した奴は、彼女が何かおたくに預けたと思ったんではないかってことだね？」

「ええ、そうです。朝倉、いいえ、華奈さんが誰を告発したがってたのかはわかりませんが、彼女はそいつの不正を裏付ける証拠を握ってたんじゃないでしょうか？」

「それ、考えられそうだね。だから、華奈は葬られてしまったんだろう」

「ええ、多分ね。ぼくも少し事件のことを調べてみようと思ってるんです。何かわかったら、あなたに連絡します」

「それはありがたいな」

多門は自分の名刺を木戸に渡した。木戸も名刺を差し出し、朝倉邸の中に戻った。多門は数十メートル歩いて、ボルボに乗り込んだ。

エンジンを始動させたとき、杉浦から電話がかかってきた。多門は前夜に杉浦に連絡して、柏木教授に関する情報を集めてくれるよう頼んであったのだ。

「クマ、いま喋っても大丈夫か？　都合が悪いんだったら、また後で電話すらあ」

「大丈夫だよ。いま華奈の実家を出て、東京に戻ろうとしてたところなんだ」

「そうか。なら、聞いてくれ。近所の連中の話によると、柏木正樹は愛妻家らしいんだ」

「時任所長の話とは、だいぶ違うな」

「夫婦は仲睦《むつ》まじくて、円満そのものだそうだ。柏木が女性問題で連れ合いを泣かせたことはないだろうと誰もが口を揃えてた」

「それが事実なら、時任は友人の柏木に悪意を持ってることになる」

「だな。けど、遣り手の弁護士は、ま、成功者のひとりだ。大学教授の友人の社会的地位を妬《ねた》ましく感じたりはしないと思うがな」

「それはないだろうね。しかし、時任は明らかに柏木教授を貶《おとし》めた」

「クマ、二人の間に何か確執《かくしつ》があったのかもしれねえぞ。時任は表面上は柏木と親しくつき合ってるが、実は腹に一物《いちもつ》ある。そういうことなんじゃないのか」

「杉さん、そのあたりのことも探ってもらえる？」

「あいよ。クマのほうに進展は？」

杉浦が問いかけてきた。多門は、少し前に木戸から聞いた話を伝えた。

「美人弁護士が誰か親しい人間にUSBメモリーか何かを預けた可能性はありそうだな。そうしていないとしたら、犯罪の証拠品の類は自宅の見つけにくい場所に隠してあるんだろう。たとえば、水洗トイレの貯水タンクの中とか植木鉢の土の中とかな。おれが調査したことのある恐喝屋《カツアゲ》は脅迫用の隠し撮りした映像データを密封して、糠味噌《ぬかみそ》の中に隠してやがったんだ」

杉浦が言った。

「そう」

「クマ、女弁護士の自宅マンションはまだ引き払ってねえんだろう？」

「ああ」

「もう一度、彼女の部屋の中を検《しら》べてみなよ。ひょっとしたら、何か隠してあるかもしれねえからさ」

「そうするよ。杉さん、通夜のときに時任が教えてくれた新事実については、どう思う？」

「美人弁護士が義友会佐竹組の若頭と舎弟頭に逆恨みされてたって話だな？」

「そう」

「佐竹組の奴らが女弁護士を殺《や》ったとは思えねえな。ヤー公ってのはすぐにカーッとするが、どいつも単細胞《マルタン》だから、手の込んだ仕返しなんかできないだろう」

「杉さん、おれも以前は田上組の組員だったんだぜ。もう少し言葉に気をつけてほしいな」

「おれは一般論を言ったんだ。別にクマまで単細胞《マルタン》扱いしたわけじゃねえから、いちいち突っかかるなって」

「ま、いいか」

多門は言った。

「仮に佐竹組の奴らの犯行《ヤマ》だったとしたら、美人弁護士は拉致される前にその場で殺られてただろうよ」

「そうかもしれないね。華奈は引っさらわれても、すぐに殺されたわけじゃない。ということは、犯人は彼女を監禁して、不都合な証拠品のありかを吐かせようとしたんだろうな」

「おそらくな。けど、女弁護士は口を割らなかった。で、最悪なことになっちまった」

「昨夜、木戸洋一の自宅が家捜《やさが》しされたってことは、敵はまだ危《ヤバ》い証拠を手に入れてないわけだ。杉さん、華奈のマンションをチェックしてみるよ。その前に佐竹組の飛松って若頭を揺さぶってみたいんだ」

「おれは無駄骨を折るだけだと思うが、好きにすればいいさ」

杉浦が先に電話を切った。

多門はスマートフォンを上着の内ポケットに戻し、車を走らせはじめた。池袋に着いたのは夕方だった。

性感マッサージ店の出入口を掃《は》いていた若い男に声をかけ、佐竹組の組事務所のある場所を教えてもらう。組事務所は東池袋一丁目にあるらしい。六階建ての自社ビルで、佐竹興産というプレートが掲げられているという。

暴力団対策法で、どの組も代紋《だいもん》や提灯《ちょうちん》を人目に触れる場所には飾れなくなった。表向きは商事会社や不動産会社を装っているケースが多い。

佐竹興産のビルは、中池袋《なかいけぶくろ》公園の並びにあった。細長い建物だった。ビルの前には、メルセデス・ベンツが駐めてある。

多門はビルの十数メートル手前で、ボルボXC40を路肩《ろかた》に寄せた。飛松の顔も知らない。偽電話をかけて、若頭を表に呼び出すことにした。

多門は佐竹興産ビルの袖《そで》看板に目をやった。会社の代表電話番号がでかでかと記されている。多門はすぐに電話をかけた。

受話器を取ったのは若い男だった。

「若頭《カシラ》の飛松はいるか？」

「専務の飛松のことですね？」

「やくざが堅気《かたぎ》の振りをすることはねえと思うがな。若頭は若頭だろうが」

「失礼ですが、どちらさまでしょうか？」

「義友会の理事だよ。鈴木《すずき》ってんだ」

多門は、ありふれた姓を騙《かた》った。義友会に鈴木という名の理事がいることを祈りたい。

「飛松専務は、あいにく出張中です」

「それじゃ、舎弟頭の染谷に換わってくれねえか」

「営業部長の染谷ですね？」

「なんでもいいから、染谷を電話口に出してくれ」

「少々、お待ちください」

相手の声が途切れ、軽快なメロディーが流れてきた。ビートルズのヒット曲だった。

待つほどもなく男の太い声が響いてきた。

「お待たせしました。染谷です。叔父貴、ご無沙汰しています」

「おう！」

多門は、ほくそ笑《え》んだ。どうやら義友会に鈴木という理事がいるらしい。

「組の方々はお元気でしょうか？」

「ああ、おかげさまでな」

「叔父貴、いつもの声と違いますね。どうかなさったんですか？」

「夏風邪をこじらせて、ちょっと喉の調子がよくねえんだ」

「そうなんですか。どうかお大事になさってください」

「ありがとよ。飛松は出張中だって？」

「はい。ちょいと仙台《せんだい》に商用で朝から出かけてるんですよ。若頭補佐の権藤《ごんどう》の兄貴と一緒なんです。明日の午後には、東京に戻る予定になっています」

「そうかい。佐竹の兄弟が別荘暮らしをしてるんで、ちょいと飛松の面《つら》を見ておこうと思ったんだが……」

「叔父貴、お近くにいらっしゃるんですか？」

「少し前に佐竹興産の前でタクシーを降りたばかりだ」

「水臭いですよ、叔父貴。電話なんかしないで、直接訪ねてくだされぱいいのに。少しお待ちいただけますか？　わたし、すぐお迎えにあがります」

　染谷がそう言い、通話を切り上げた。

　多門はにやつきながら、電話を切った。数十秒後、佐竹興産ビルから三十二、三歳の男が走り出てきた。

舎弟頭の染谷だろう。いかにも凶暴そうな面構えだが、きちんと背広を着ている。ネクタイは地味だった。髪はオールバックだ。

男は路上を見回し、小首を傾《かし》げた。それから間もなく、ビルの中に戻った。

男が出てくるまで、ここで張り込もう。多門はシートの背凭《せもた》れをいっぱいに倒した。

張り込みは、いつも自分との闘いだ。もどかしさを抑《おさ》え込み、ひたすらマークした相手が動くのを待つ。焦《じ》れたら、ろくな結果にはならない。

多門は煙草を喫いながら、辛抱《しんぼう》強く待ちつづけた。

杉浦から連絡が入ったのは八時近い時刻だった。

「少し前に時任や柏木と同期だった男と別れたとこなんだ。同窓会名簿を手に入れて、その人物と接触することに成功したよ」

「そう。やっぱり、時任と柏木の間には確執《かくしつ》めいたものがあったの？」

「あった、あった。クマ、よく聞いてくれ。柏木の妻は最初、時任の彼女だったんだよ」

「ほんと!?」

「ああ。しかし、柏木夫人は丸二年も司法試験浪人してた時任に見切りをつけて、いまの旦那に乗り換えたらしい。女ってやつは計算高いからな。将来、大学教授になれそうな柏木と結婚するほうが得だと算盤《そろばん》をはじいたんだろう」

「杉さん、女性が打算的だって考え方は偏見だよ。そうしたバイアスはよくないな。損得勘定だけで生きてる野郎も大勢いるぜ」

「また、女どもの肩を持ちやがる。クマの悪い癖だな」

「おれは物事を公平に見たいだけだよ」

「クマ、もうよそうや。話を戻すぞ。時任は恋人を横奪《ど》りされたことで、ずっと柏木を憎んでたんじゃねえのか。だから、柏木を貶《おとし》めたんだろう」

「ずいぶん子供っぽい仕返しだな。それだけなんだろうか」

「クマ、どういう意味だ？　時任には、もっと含むものがあるんじゃねえかってことなのか」

「そこまで深く考えたわけじゃないが、時任がすぐにバレるような嘘をついたことに、ちょっと引っかかるものを感じたんだ」

多門は答えた。

「確かに、クマの言う通りだな。時任には何か子供じみた嘘をつかなきゃならない理由でもあったんだろうか」

「ひょっとしたら、そうだったのかもしれないな。時任も、華奈には恩人と言ってもいい人物だ。若くして未亡人になった彼女は柏木教授の口利きで、遣り手の時任弁護士のオフィスで働けるようになったんだから」

「女弁護士は時任にも恩義は感じてただろうな。二十代で自分の事務所を開いても、そう依頼人が訪れるわけはない。大物弁護士のとこで何年か居候弁護士《イソベン》をやってからじゃなければ、とても独立は無理だ」

「そうだろうね」

「時任は快《こころよ》く思っていない柏木の願いを聞き入れて、よく美人弁護士を雇い入れたな。自分の懐の大きさを示したかったのか。それとも、美人弁護士が有能だと判断したのかな？」

「おれは後者だと思いたいね」

「多分、そうなんだろう。で、そっちのほうはどうなったんでえ？」

「獲物を待ってるとこなんだ」

「飛松って若頭《カシラ》を張ってるんだな？」

杉浦が言った。

「いや、舎弟頭の染谷を待ってるんだ。飛松は出張中らしいんだよ」

「ふうん。佐竹組は事件に絡んでねえと思うが、気の済むようにやれや」

「そうするよ」

多門は電話を切って、ロングピースに火を点けた。

佐竹興産ビルから染谷と思われるオールバックの男が姿を見せたのは、九時四十分ごろだった。車に乗る様子はうかがえない。

多門は静かにボルボを降りた。

男はＨａｒｅｚａ池袋方向にのんびりと歩きだした。多門は追尾《ついび》しながら、左右に目をやった。三、四十メートル先の右側に月極《つきぎめ》駐車場が見える。三方は雑居ビルに囲まれているが、駐車場は薄暗かった。

月極駐車場の奥で相手を痛めつけることにした。

多門は足を速め、オールバックの男を追い抜いた。すぐに体を反転させ、相手に強烈な当て身を見舞う。

男が唸って、白目を見せた。多門は中腰になった。

オールバックの男が前屈《かが》みに倒れかかってきた。多門は相手を軽々と肩に担《かつ》いだ。たいして重くなかった。多門はオールバックの男を担いだまま、月極駐車場に走り入った。奥まった場所に、パーリーホワイトのワンボックスカーが駐めてあった。その車の向こう側に回り込み、肩から男を振り落とす。

コンクリートの床に落ちた男が息を吹き返した。多門は跳躍して、相手の胸板に飛び降りた。背後は万年塀だ。その向こうには雑居ビルがそびえているが、どの窓も閉まっていた。誰かに見られる心配はなさそうだ。

オールバックの男が肋骨《ろっこつ》を押さえながら、体を左右に振った。

相手は筋者《すじもの》だ。中途半端な締め方では、口は割らないだろう。

多門は男を蹴りまくった。加減はしなかった。蹴る場所も選ばなかった。

男は、まず鼻血を出した。次に口から血の泡を吐いた。唇も切れている。

「佐竹組の染谷だな？」

多門は訊いた。

「なんでおれのことを知ってんだ!?　あんた、稲森会《いなもり》の人間なのか？」

「おれは堅気《ネス》だ。おまえに訊きたいことがある。正直に答えりゃ、蹴り殺したりしない。わかったな」

「何が知りてえんだよ」

「朝倉華奈のことは知ってるなっ」

「弁護士の女だろ？」

「そうだ。女弁護士は佐竹組長の傷害事件で執行猶予を取れなかった。で、佐竹はすぐに服役させられた。それで飛松とおまえは朝倉華奈を逆恨みして、彼女を殺《や》ったんじゃねえのか

「あんた、何を言ってんだ!? 若頭《カシラ》とおれは朝倉って女弁護士をちょっと脅しただけで、殺しちゃいねえよ。新聞で女弁護士が殺されたことを知って、おれたちはびっくりしたんだっ」

染谷が言った。

「先日、高輪のホテルの部屋に押し入ってきた奴は、佐竹組の組員なのか？」

「なんの話をしてるんだ!? わけわかんねえな」

「組にコルト・コマンダーは？」

「そんな拳銃、一挺《ちょう》もねえよ」

「本当だな？」

「ああ。いきなり荒っぽいことをするなんて、ひでえじゃねえか。このままじゃ、済まねえぞ」

「チンピラが粋《いき》がるんじゃねえ」

「なんだと!?」

「立てるものなら、立ってみやがれ。いつでも相手になってやるよ」

「くそったれ！」

「朝倉華奈の事件《ヤマ》には関わってねえんだなっ」

「同じことを何度も言わせるねえ」

「おまえが正直者かどうか、もう一度体に訊いてみよう」

多門は高く跳《と》び、染谷の顔面と腹を踏みつけた。染谷が凄まじい声をあげ、体を丸めた。

「どうなんだ？」

「こ、殺さねえでくれーっ。おれはシラなんか切ってねえって。ほんとだよ」

「そうか。運が悪かったと、諦めてくれ。あばよ」

多門は染谷から遠ざかりはじめた。

第三章　謎の尾行ファイル

1

合鍵でドア・ロックを解いた。

多門は五〇五号室に入った。殺された華奈が住んでいた部屋だ。

佐竹組の舎弟頭を痛めつけた翌日の午後二時過ぎである。

多門は居間に直行し、ベランダ側のサッシ戸を開け放った。部屋の中は蒸し暑かった。だが、冷房のスイッチを入れることは何となくためらわれた。

多門は生成《きな》りの綿ジャケットを脱ぎ、入念に室内を検《しら》べはじめた。

まずパソコンデスクに近づき、ＵＳＢメモリーケースに目をやった。特に気になるものは目に入らなかった。警察が捜査資料として、ＵＳＢメモリーをすべて持ち去ったのだろうか。

多門はパソコンに疎《うと》く、基本ソフトの使い方もよく知らなかった。

パソコンデスクの横の書棚の前に移る。多門はフローリングの床に胡坐《あぐら》をかき、棚から一冊ずつ書物を抜き取った。法律の専門書が目立つが、翻訳もののリーガル・サスペンスや暗黒小説《ロマン・ノワール》も並んでいる。詩集も何冊かあった。

多門はすべての本の頁《ページ》を繰《く》ってみた。

しかし、事件を解く手がかりは何も見つからなかった。多門は立ち上がって、リビングソファを捲《めく》ってみた。リビングボードの引き出しも開けた。だが、徒労に終わった。

多門はダイニングキッチンも仔細《しさい》に検《しら》べてみた。

やはり、何も出てこない。観葉植物の鉢の腐葉土《ふようど》も指で掘り起こしたが、結果は虚《むな》しかった。

多門は寝室に入り、ベッドカバーを剝《は》がした。

羽毛掛け蒲団や枕を触ってみたが、指に当たる物はなかった。ベッドマットも捲《めく》り上げた。

やはり、何も出てこない。

多門は溜息をつきながらも、根気強くナイトテーブルやドレッサーの引き出しを検《あらた》めた。

さらにクローゼットの中も丹念にチェックした。しかし、無駄骨を折っただけだった。

多門はためらいを捩《ね》じ伏せ、ランジェリーケースの中を覗いてみた。見覚えのあるデザインショーツが何点かあった。

華奈の媚態《びたい》が多門の脳裏に蘇《よみがえ》った。耳の奥で、彼女の切なげな吐息が聞こえる。悦《よろこ》びの声も響いた。情事の光景は切れ目なく次々に浮かんだ。華奈がエクスタシーに達したときの顔も明滅した。裸身のリズミカルな震えも思い出した。

多門は改めて華奈に愛《いと》おしさを覚えた。失ってみて、彼女の存在の重さを思い知らされた。悲しみを深く感じる。

多門は寝室を出て、居間のサッシ戸を閉めた。

そのすぐ後、リビングソファの背凭《せもた》れに掛けた上着の内ポケットでスマートフォンが着信音を発しはじめた。多門はリビングソファに駆け寄り、上着の内ポケットに手を突っ込んだ。

発信者は三田村理恵だった。

「華奈の葬儀では世話になったな。ありがとう」

多門は先に喋った。

「いいえ。多門さん、朝倉先輩は無断欠勤する前の日の午後四時ごろ、わたしの会社に来てたんです。もちろん、わたしを訪ねてきたんです」

「ほんとかい!?」

「ええ。そのとき、たまたま打ち合わせで、わたし、会社にいなかったの。それで朝倉先輩は受付の娘《こ》に後でわたしに渡してほしいと言って、小さなクッション封筒を預けていったというんですよ」

「中身は何なんだろう？」

「封印されてるんで、まだ中身は確認してないんですよ。感触から察すると、ＵＳＢメモリーだと思います」

「そう。いまごろになって、そのクッション封筒がなぜ、きみの許《もと》に？」

「受付の娘《こ》、朝倉先輩からクッション封筒を預かった直後に虫垂炎《ちゆうすいえん》の痛みに襲われて、早退《び》けしたらしいんですよ。それで翌日に入院して、手術を受けたんですって。そんなことで、彼女、クッション封筒のことをうっかり忘れてしまったみたいなんです」

「で、きょう、そのことを思い出して、クッション封筒をきみに届けたわけか」

「ええ、そういう話でした。多門さん、どうしたら、いいのかしら？　わたし宛の表書きがあるわけじゃないから、勝手に開封はできないし」

理恵は判断しかねている様子だった。

「いま、会社にいるの？」

「はい」

「それじゃ、これからきみの会社に向かうよ。実はおれ、恵比寿の華奈のマンションにいるんだ。自宅から何か手がかりになるような物が見つかるかもしれないと思ったんだが、期待は外れちまった。ＵＳＢメモリーの類《たぐい》は捜査員がすべて押さえたと思っていたが、華奈は身に危険が迫る前に、大事なＵＳＢメモリーを後輩のきみに……」

「預かった物は、事件に関わりがある気がします。どう思いますか？」

「そうなんだろうね。それじゃ、後で！」

多門は電話を切ると、上着を羽織《はお》った。

五〇五号室を出て、エレベーターに乗り込む。一階ロビーに出ると、見覚えのある男がいた。高輪のホテルの部屋に押し入ってきた暴漢だ。

「きょうもコルト・コマンダーを持ってるのか？」

多門は男を見据えた。

男は何か意味ありげに笑うと、急に身を翻《ひるがえ》した。多門はすぐに追った。男はマンションを走り出ると、脇道に駆け込んだ。

多門も路地に走り入った。すると、男の姿は掻き消えていた。

逃げ足の速い奴だ。どうせ男は、自分を尾行する気でいるのだろう。

多門は表通りに引き返し、ボルボに乗り込んだ。さりげなくバックミラーとドアミラーに目をやる。

後方には、一台も車は見当たらない。怪しい男の車は脇道に駐めてあるのか。

多門はボルボを発進させ、しばらく低速で走らせた。と、数十メートル後方の路地からグレイのレクサスが走り出てきた。

多門は車のスピードを落とした。

レクサスの運転席には、さきほどの男が坐っている。黒いスポーツキャップを被っていた。ナンバープレートは折り曲げられ、数字は二つしか見えない。

男をどこかに誘い込んで、正体を突きとめよう。多門はアクセルペダルを徐々に踏み込んだ。

レクサスは一定の車間距離を保ちながら、追走してきた。多門は広尾《ひろお》方面に進み、有栖川《ありすがわ》宮《のみや》記念公園の際《きわ》にボルボを停めた。レクサスは数十メートル後ろに見える。

多門はごく自然に車を降り、有栖川宮記念公園に足を踏み入れた。

麻布台地をそのまま活《い》かした自然公園である。樹々《きぎ》がうっそうと繁り、渓谷《けいこく》や滝があった。地下鉄広尾駅寄りに池があり、反対側には中央図書館が建っている。都会のオアシスとして知られ、利用者は多い。入園無料だ。

多門は池の畔《ほとり》を抜け、自然公園の中心地に足を向けた。

遊歩道をしばらく歩き、植え込みの中に入る。数十秒が流れたころ、例のスポーツキャップの男が遊歩道を走ってきた。走りながら、視線を泳がせている。

多門は屈《かが》み込んで、足許の小石を拾い上げた。

ちょうどそのとき、男が立ち止まった。斜め前だった。男はやや腰を落とし、樹木を透《す》かして見ている。

多門は小石を投げた。

小石は男の背中に当たった。男が弾かれたように振り向いた。

「待ってたぜ」

多門は灌木《かんぼく》を跨《また》ぎ、遊歩道に出た。

「女弁護士の部屋から何か見つけたんじゃないのか？」

「まあな」

「部屋から持ち出した物を渡してもらおうか」

「誰に雇われたんでえ？　雇い主の名を教えてくれたら、そいつんとこに行くよ。それで、ポケットの中に入ってる物を一兆円で売りつけてやろう」

「虚勢を張っても、意味ないぜ」

男が腰の後ろに手を回し、ベルトの下からマカロフPbを摑み出した。ロシア製のサイレンサー・ピストルだ。

口径九ミリで、装弾数は八発である。ロシアの特殊部隊《スペッツナズ》の隊員たちが使用している特殊拳銃だ。二十数年前から日本の裏社会にマカロフPbが流れ込んでいるが、その数はそれほど多くない。

「そのサイレンサー・ピストルは、雇い主が貸してくれたのか。え？」

「ポケットの中に入ってる物を早く出せ！」

男が苛立《いらだ》たしげに言って、スライドを引いた。馴《な》れた手つきだった。銃口のぶれも感じられなかった。

侮《あなど》れない。多門は気持ちを引き締めた。

「ゆっくりと両膝を地べたに落とせ！」

「穿《は》いてるスラックス、気に入ってんだよ。だから、汚したくねえな」

多門はせせら笑って、数歩前に踏み出した。

男が両手保持でマカロフPbを構え、一メートルほど退《さ》がった。

「早く撃《ハジ》けや」

「動くな。動くと、撃つぞ」

「面白《おもしれ》え」

多門は長くて太い手の指を交互に鳴らした。

スポーツキャップを被った男がわずかに銃口を下げ、威嚇《いかく》射撃した。

放たれた九ミリ弾は多門の足許に埋まった。土塊《つちくれ》が舞い、土埃《つちぼこり》が拡散する。

多門は威嚇射撃され、頭に血が昇った。

「おれさ、怒らせてえのかっ」

「なんなんだ、急に」

「おれは岩手生まれなんだ。郷里《くに》の言葉さ、喋るのは自然なことだべ」

「岩手で畑でも耕《たがや》してりゃよかったのに」

「おめ、農民さ、ばかにすてるのけ？　おめだって、まんま喰ってるべ。農家の人たちにゃ、感謝しなきゃなんねえ。そうだべ」

「とぼけた男だ。早く持ってる物を出してもらおうか」

「もう勘弁なんね。おめの首っこ、へし折ってやるど！」

多門は怒り狂った羆《ひぐま》のように両腕を高く掲《かか》げ、突進しはじめた。

男が眉ひとつ動かさずに二弾目を浴びせてきた。多門はわずかに上体を傾け、銃弾を躱《かわ》した。風圧に似た衝撃波が耳のあたりを擦《かす》めた。

だが、多門は怯《ひる》まなかった。前進しつづけた。

「ほんとに撃つぞっ」

男が声を張った。多門は足を止めなかった。

それから間もなく、三弾目が疾駆《しっく》してきた。狙われたのは腹部だった。とっさに多門は横に跳んだ。勢い余って、植え込みの中に倒れ込んでしまった。灌木の枝が音をたてて折れた。

多門は素早く身を起こした。そのとき、近くで人の声がした。

スポーツキャップの男は顔をしかめ、背を見せて走りはじめた。多門は怒号を放ちながら、男を追った。

男は池の近くで、ベンチに腰かけている老女の片腕を乱暴に摑んだ。消音装置の先端は、すぐに彼女の側頭部に押し当てられた。

白髪の痩《や》せた老女が悲鳴をあげ、身を強張《こわば》らせた。

「持ってる物を出して、こっちに投げろ！」

スポーツキャップの男が多門に大声で命じた。

「年配の女性を弾除《たまよ》けにするなんて、卑怯《ひきょう》な奴だ。手を放してやれ」

「いいから、早く持ってる物を出せ！」

「実は何も持っちゃいねえんだ」

「なんだって!?　おい、腹這いになれ。言う通りにしないと、この婆《ばあ》さんを撃ち殺すぞ」

「わかった。言われた通りにすらあ」

多門は腹這いになった。

男は老女を引っ張りながら、公園の出入口に向かった。多門は少しずつ身を起こした。

立ち上がって走りだしたとき、男が老女を突き飛ばした。老女は横倒しに転がって、長く呻いた。

多門は老女に駆け寄り、抱え起こした。

「巻き添えにしちまって、悪かったね。どこを傷《いた》めたんだい？」

「肘《ひじ》が痛いわ」

「病院に行ってみよう」

「ただの打ち身だから、大丈夫よ」

老女が言いながら、手を横に振った。

多門はもう一度謝り、目で男の姿を探した。すでにスポーツキャップを被った男は、公園の出入口に差しかかっていた。

多門は全速力で走りだした。

公園の外まで一気に駆けた。男が運転していたレクサスは、どこにも見当たらなかった。

狙撃者はその気になれば、標的を撃ち倒せたはずだ。なぜ、そうしなかったのか。

おそらく敵は人間をとことん怯《おび》えさせてから、ゆっくりと始末することに歪《いびつ》な歓びを感じているのだろう。多門はそう思いながら、ボルボＸＣ40に乗り込んだ。赤坂に向かう。

理恵の職場に着いたのは数十分後だった。

多門は受付嬢に来意を告げ、一階ロビーの応接ソファに坐った。少し待つと、理恵がやってきた。小さなクッション封筒を手にしている。

理恵が多門の真ん前に腰かけた。

「これが、朝倉先輩が受付に置いていった物です」

「開封してみよう」

「多門さんが封を切ってください。お願いします」

「わかった」

多門はクッション封筒を受け取り、すぐに封印口を引き剝がした。

やはり、中には、ＵＳＢメモリーが入っていた。ラベルには、『尾行ファイル』と表記されている。

「朝倉先輩は誰かを尾《つ》けて、何か不正の事実を押さえたんじゃないかしら？」

「そうみたいだな。ＵＳＢメモリーの内容を早く知りたいが、おれはパソコンが苦手なんだ。というよりも、上手に操作できないんだよ。きみはパソコン使えるんだろ？」

「ええ。でも、困ったわ。あと数分で、会議がはじまるんですよ」

「そうなのか」

「会議は二時間ぐらいで終わると思うんです。その後、わたしがUSBメモリーの内容をチェックしてみましょうか？」

「できれば、もっと早くUSBメモリーの内容が知りたいんだ。こいつを少しの間、おれに預からせてもらえないだろうか。知り合いにパソコンを上手に使える奴がいるから、そいつのとこに持ってってみるよ」

「ええ、そうしてください。多門さんは朝倉先輩の事件を調べてるんだから、そうするほうがいいと思います」

「それじゃ、預からせてもらおう。内容については、後で連絡するよ」

「お願いします」

理恵が軽く頭を下げた。多門はUSBメモリーをクッション封筒の中に戻し、すぐに立ち上がった。

「慌《あわ》ただしくて、ごめんなさい。それじゃ、ここで失礼します」

理恵がエレベーター乗り場に足を向けた。

多門は家具メーカーの本社ビルを出ると、路上駐車してあるボルボに乗り込んだ。すぐにチコのスマートフォンを鳴らす。ツーコールで、電話は繋がった。

「おれだ」

「あら、クマさん！　少しはショックが和《やわ》らいだ？　あたし、心配してたのよ」

「ありがとよ。ところで、いま、自分のマンションにいるんだろ？」

「ええ、ネイルアートに熱中してたとこ」

「いま赤坂にいるんだが、これからチコの家に行《ヤサ》かあ」

「女弁護士さんが死んでしまったんで、何かで悲しみを紛《まぎ》らわせたいのね。いいわよ、早くいらっしゃい。あたし、クマさんをめくるめく世界に誘《いざな》ってあげる。快楽の海に溺《おぼ》れれば、少しは悲しみが薄れるんじゃない？」

「おめえ、何を勘違いしてるんだっ。おれは、チコにパソコンを操作してもらいてえだけだよ」

「そうなの。なあんだ、つまんなーい」

「華奈が友人にUSBメモリーを預けてたんだよ。その内容がわかれば、華奈を殺した犯人がわかるかもしれねえんだ」

「そういうことなら、大急ぎでこっちに来て」

チコが急《せ》かした。

多門は電話を切ると、車を走らせはじめた。まだ道路は、それほど渋滞していなかった。

三十分そこそこで、チコの塒《ねぐら》に着いた。目的の賃貸マンションは、新宿五丁目の外れにある。

多門はボルボをマンションの斜め前に駐《と》め、チコの部屋に駆け込んだ。1LDKの部屋は、いつものように小ざっぱりと片づけられていた。

「チコ、これが例のUSBメモリーだ」

「オーケー、あたしに任せてちょうだい」

真紅《しんく》のホームドレスに身を包んだチコがUSBメモリーを受け取り、居間の隅に置かれたパソコンデスクに向かった。

多門はチコの背後に立ち、パソコンのディスプレイに目を当てた。起動音が小さく響き、文字が流れはじめた。

☆白瀬健人《しらせけんと》

四十三歳、神奈川県出身。早明大学法学部を卒業した翌年、司法試験にパスする。司法修習を経て判事補になり、東京簡易裁判所入り。三年後に東京地裁刑事部に転属となり、その後、判事となる。

のちに、犯罪に手を染めて刑事告訴され、依願退職する。その半年後、弁護士登録して六本木五丁目の鳥居坂《とりいざか》ビルに個人事務所を開く。元判事の白瀬は、闇の法律コンサルタントで生計を立てている模様。

世田谷《せたがや》区経堂《きょうどう》二丁目××番地に自宅があり、妻なつみ、娘真知《まち》（聖星《せいせい》女子大一年）と同居。

×月×日

午後六時半、白瀬は日比谷《ひびや》の帝都《ていと》ホテル内のフレンチ・レストランで、丸菱《まるびし》物産の労務担当役員と会食。合法的なリストラ解雇の方策リストを相手に渡し、謝礼を現金で受領する。金額は不明。

会食後、二人は銀座の高級クラブ『秀《しゅう》』に入る。一時間半後、白瀬は丸菱物産差し回しのハイヤーで帰宅。

×月×日

大阪の浪友会《ろうゆうかい》の大幹部が午後四時ごろ、白瀬の事務所を訪れる。相談内容は摑めない。大幹部は六時前に辞去。その十五分後、白瀬は事務所を出て、西麻布のイタリアン・レストランで二十代後半の女性と会食。その後、二人はゲイバーに立ち寄り、六本木エクセルホテルにチェックインする。女性の正体は不明だが、愛人と思われる。

白瀬の羽振りのよさから、非合法ビジネスに励んでいることは間違いなさそうだ。

×月×日

午後八時、オフィスを出た白瀬は六本木ロアビル裏手にあるスポーツクラブに入る。すぐにスカッシュを開始する。数十分後、大柄な男がコートに入り、何か白瀬と密談。巨身の男は、ほどなく立ち去る。

×月×日

午後八時半、白瀬は紀尾井町《きおいちょう》の料亭『かわ村《むら》』に入る。下足番の老人に煙草銭を握らせ、白瀬を招いた企業名を探り出す。

家電メーカーの松芝《まつしば》電器だった。株主総会対策で、白瀬の力を借りたのだろうか。あるいは、ブラックジャーナリスト対策の相談かもしれない。

×月×日

わたしは、白瀬に尾行を覚《さと》られてしまったのか。やくざ風の男がいきなり立ち塞《ふさ》がったときは、体が竦《すく》んでしまった。

男はにやつきながら、『探偵ごっこは危険だよ』と呟いた。あれは、警告だったにちがいない。少し慎重になろう。

×月×日

白瀬の事務所に競売《けいばい》物件のデータが集められている。しかし、彼が入札した気配はうかがえない。どこかの企業舎弟に頼まれて、権利関係が複雑に絡んでいない物件を選んでいるのだろうか。

×月×日

頭が混乱して考えがまとまらない。

白瀬が会っていた人物は、間違いなくわたしがよく知っている男性だった。

接点のなさそうな二人が、どこでいつ知り合ったのか。だいぶ親しげに見えた。

尊敬している先生が、白瀬のような人物と会っていたなんて信じたくない気持ちだ。先生が白瀬と組んで、何か疚《やま》しいことをしているとは思いたくない。

しかし、やはり気になる。明日からは、先生の動きも探るべきなのか。そんなことはしたくないが、このままでは気分がすっきりしない。

ディスプレイの文字が消えた。

チコがスクロールしたが、ほかには何も映し出されなかった。パソコンからUSBメモリーが引き抜かれた。

「クマさん、女弁護士さんは白瀬って奴の悪事を暴《あば》こうとして、殺されちゃったのよ」

「そう考えてもよさそうだな」

「ね、先生って誰のことなのかしら?」

「さあ、まだ何とも言えねえな」

「そう。クマさん、コーラでも飲む?」

「ゆっくりしてられねえんだ。チコ、助かったよ」

多門はUSBメモリーを引ったくると、玄関ホールに向かって歩きだした。

後ろで、チコが明るく悪態をついた。

2

コーヒーカップが空《から》になった。

多門はコップの水を飲み、煙草に火を点けた。ＪＲ新橋駅の近くにあるカフェだ。

午後五時を回っていた。

多門は杉浦を待っていた。チコの自宅マンションを出てから、すぐに彼は杉浦に電話をかけた。ＵＳＢメモリーの内容を話し、白瀬を調査するよう頼んだ。

約束の時間は五時だった。

一服し終えても、杉浦は姿を見せない。調査に手間取っているのだろうか。

多門は懐からスマートフォンを取り出し、理恵に連絡をとった。『尾行ファイル』の内容について、かいつまんで話す。

「その白瀬という元判事は、朝倉先輩と出身大学が同じですね」

「そういえば、そうだな。華奈の口から、白瀬という名を聞いたことは？」

「一度もありません。世代も違うから、朝倉先輩と白瀬はまったく面識はなかったんじゃないのかしら？」

「そうだろうな」

「白瀬と何か企《たくら》んでるかもしれないという先生は何者なんでしょう?」

「華奈が生前、先生と呼んでた男はいる?」

「えーと、三人いますね。ゼミの柏木教授、時任所長、それから茶道の祐乗坊匡《ゆうじょうぼうただす》さんの三人です」

「華奈が茶道を習ってたことは知ってるが、その祐乗坊という先生については何も知らないんだ」

「四十七、八歳で、とっても素敵な男性です。わたし、一年ほど前に朝倉先輩に誘われて、茶会に出たことがあるんですよ。そのときに祐乗坊さんを見たんですけど、まさにナイスミドルでした」

「華奈は尾行日記の中で、尊敬している先生が云々《うんぬん》と記述してたんだ。そのお茶の先生は……」

「先輩は、祐乗坊先生を尊敬していたかもしれませんね。なにしろ紳士ですし、博識な方なんですよ。それでいて、ちっとも偉ぶったりしないの」

「そう」

「何年か前に奥さまを癌《がん》で亡くされたとかで、独身のお弟子さんたちは熱心にアタックをかけてるという話でしたよ」

「祐乗坊氏の自宅は、どこにあるのかな？」

「目黒区の自由《じゆう》が丘《おか》二丁目です。料亭のような邸宅に住んでらっしゃるの」

理恵が答えた。

「そんな優雅な生活をしてるんなら、金には困ってないんだろうな」

「それが、かなり経済的には苦しいみたいですよ。先代の家元がイタリアの国債を十億円近くも買ったらしいんですが、経済破綻《はたん》で只《ただ》の紙屑《かみくず》になってしまったというんです。そのショックで、先代の父親は心不全で急死されたんですって」

「そういうことなら、祐乗坊氏も金を欲しがってたのかもしれないな」

「ええ、もしかしたらね。でも、あの先生が怪しげな人物と組んで何か悪いことをしてるとは思えないな」

「人間は何かで追い込まれたりすると、暴走する場合もあるんじゃないのかな」

「そうかもしれないけど、わたしにはあの先生が悪事を働くとは思えないわ。というよりも、思いたくありません」

「茶道の先生が白瀬とつるんで何か悪さをしてると決まったわけじゃないんだから、そうむきにならないでくれよ。きみも祐乗坊氏のファンらしいな」

「ええ、まあ」

「USBメモリー、もう少し預からせてほしいんだ」

「ずっと多門さんが持っててください。わたしには何もできませんので。もちろん、お手伝いできることがあれば、喜んで協力させてもらいますけど」

「心強いね。それじゃ、また！」

多門は通話を切り上げ、スマートフォンを懐に戻した。

そのとき、書類袋を手にした杉浦が慌《あわ》ただしく店内に駆け込んできた。

「遅くなって、済まねえ。本業の調査の報告書を大急ぎで出してくれって言われちまったもんでな」

「こっちこそ、忙しいときに悪かったね」

「なあに、気にすることはねえさ。クマが回してくれる内職のほうが労働単価が高いんだから」

「とりあえず、坐ってよ」

多門は促《うなが》した。

杉浦が正面に腰かけ、水を運んできたウェイトレスにブレンドコーヒーを注文した。

「早速だが、白瀬は裁判官時代に何をやらかしたんだい？」

「詐欺だよ。白瀬は被告の身内に判決を軽くしてやるからと嘘をついて、一千五百万円も騙《だま》し取ったんだ」

「判事ともあろう人間がなんだって、そんなお粗末な犯行《ヤマ》を踏んじまったのかな?」

「その当時、白瀬は赤坂の東門会《とうもんかい》が仕切ってる違法カジノで負けが込んで、首が回らない状態だったんだ。それに、東門会にひとり娘を性風俗の店に売っ飛ばすと脅されてたみてえだな」

「それで、白瀬は心理的に追い込まれたわけか」

「ああ、そういうことなんだろう。白瀬は詐欺容疑で告訴され、二年余の執行猶予付きの刑を喰らったんだ。前科《マエ》をしょっちまった白瀬は開き直って、闇の法律コンサルタントになったってわけだ」

「鳥居坂ビルの事務所には、まさか法律相談と堂々と看板は出してねえんだろ?」

「そんなことをしたら、危《ヤバ》いじゃねえか。何も看板は掲《かか》げてねえはずだよ。しかし、白瀬の事務所には手形のパクリ屋、闇金融業者、会社整理屋、マルチ商法屋、霊感商法屋、地面師《じめんし》といった裏ビジネスであこぎに稼いでる連中が引きも切らずに相談に訪れてるようだぜ」

「白瀬はダーティー・ビジネスをやってる連中に法の抜け道を教えてやって、べらぼうに高い相談料を取ってやがるんだろうな」

「おそらく、そうなんだろう」

「元判事も、そこまで堕落したか」

多門は言って、上体を少し反《そ》らした。ウェイトレスが近づいてきたからだ。杉浦がハイライトに火を点けた。

ほどなくウェイトレスは下がった。

杉浦が煙草をくわえながら、書類袋の中からファクスペーパーを取り出した。

「前科者ファイルから、こっそり流してもらった白瀬の顔写真《ガンクビ》だよ。あまり鮮明じゃねえけど、一応、持ってきたんだ」

「助かるよ」

多門はファクスペーパーを受け取った。白瀬は角張った顔をしていた。小鼻の脇に、割に大きな疣《いぼ》があった。

「疣があるから、すぐに白瀬の面《つら》はわかるだろう」

「そうだろうね。裏事件師に化けて、白瀬の事務所に行ってみるか」

「クマ、白瀬をすぐに締め上げるのはまずいな。奴には、共犯者がいるかもしれないって話だったじゃねえか」

「まだ先生が共犯かどうかはわからないんだが、その可能性はあるね」

「だったら、しばらく白瀬を泳がせておけや。そうしないと、悪巧《わるだく》みの全容が見えてこねえだろう。それに、白瀬がクマをマークしてるとも考えられる。有栖川宮記念公園でサイレンサー・ピストルをぶっ放した奴は、女弁護士のマンションにいたって話だったからな。そいつは白瀬に雇われたのかもしれねえぞ」

「何か白瀬の尻尾《しっぽ》を摑むことが先だろうね」

「そうしたほうがいいな。で、先生の見当はついてるのか？」

杉浦が訊いた。多門は首を横に振り、柏木、時任、祐乗坊の三人のことを話した。

「大学教授の柏木は地味な学者だから、危《ヤバ》いことはやってねえと思うがな」

「多分ね」

「時任も遣《や》り手の弁護士だから、銭には不自由してねえだろう。せっかく手に入れた社会的ステイタスをつまらねえことで失《な》くすほど愚《おろ》かじゃないと思うがな。クマはどう推測してる？」

「柏木や時任が白瀬と結託《けったく》して、何か悪さをしてるとは考えにくいね。となると、残るは茶道の先生の祐乗坊か。父親がイタリアの国債を買い込んで大損したって話だから、祐乗坊は金を欲しがってるんじゃないかね」

「その男が最も怪しそうだな」

「華奈の友達の三田村理恵は祐乗坊は紳士然とした人物だと言ってたが、相続した豪邸を維持していくだけでも大変なんじゃないのかな」

「祐乗坊って奴のことを少し調べてやらあ。自宅はどこにあるんだ？」

「理恵から聞いた話によると、目黒区自由が丘二丁目にあるらしい。料亭みたいに大きな邸《やしき》だってさ」

「家族構成は？」

「何年か前に妻は癌で死んだという話だったが、子供がいるかどうかは確かめてみなかったな」

「ま、いいさ。おれが自分で調べてみる」

杉浦がそう言い、ブレンドコーヒーを口に運んだ。

多門はロングピースに火を点けた。

「クマ、今回の謝礼なんだが、五十万出してもらえねえか」

「奥さんの病院の支払いが遅れてるみたいだね」

「いや、病院にはちゃんと支払ったんだ。ちょいと気をそそられる女に腕時計でもプレゼントしてえと思ってさ」

「杉さん、いつから……」

「冗談だよ。おれも生身の男だが、女房だって、好き好《この》んで寝たきりになったわけじゃねえ。だから、他所《よそ》に愛人《レコ》をこさえたりしねえよ。もっとも稼ぎが少ないから、愛人を囲うだけの甲斐性《かいしょう》もないがな」

「杉さん、五十万や百万だったら、いつでも回せるよ。ほんとは懐《ふところ》が淋《さび》しいんじゃないの？」

「見抜かれちまったか。実を言うとな、病院の支払いを済ませたら、手許に数万円しか残らなかったんだ。これじゃ、いくらなんでも心細いからな。クマ、二十万ほど貸してもらえねえか」

「ああ、いいよ」

多門は上着の内ポケットから、剝《む》き出しの札束を摑み出した。いつも二百万円前後の現金を裸で持ち歩いている。

札の枚数は数えずに厚みで見当をつけて、数十枚の一万円札を重ねて杉浦に渡した。

「クマ、これじゃ、多いよ。この厚みだと、四十万近くありそうだな」

「いいから、早くポケットにしまいなって。調査の謝礼ってことでいいからさ」

「それはよくねえ。二十万だけ貸してもらうよ」

杉浦が札を数えはじめた。一万円札を二十枚だけ抜き、残りの紙幣を多門の前に置いた。

「余った分で何かうまいもんを喰ってよ」

「クマ、怒るぜ」

「急におっかない顔して、どうしちゃったの？」

「確かに、おれはいつも貧乏してらあ。けどな、物乞《ものご》いじゃねえんだ。理由もなく他人《ひと》から銭なんか貰えるかっ。おれを憐《あわ》れんでるんだとしたら、そいつはクマの思い上がりってもんだぜ」

「そういう気持ちじゃなかったんだが、杉さんのプライドを傷つけてしまったようだな。ごめん！　ちょっと無神経だったよ。こいつは引っ込めよう」

多門は謝って、卓上の札束を懐に突っ込んだ。

「おれのほうこそ、なんか大人げなかった。貧乏してると、つい僻《ひが》みっぽくなっちまうのかな。クマ、勘弁してくれ」

「杉さんが謝ることないって。おれがラフすぎたんだ」

「クマ、話題を変えようや。百軒店《ひやつけんだな》の『紫乃《しの》』のママは元気かい？」

杉浦が取ってつけたように問いかけてきた。そのスタンドバーは、多門の馴染《なじ》みの店だった。ママの留美《るみ》は、もう六十代に入ったはずだ。実年齢は知らない。

「あそこのママは、三十代の後半まで新劇の女優だったんだろう？」

「そう。ママの横顔が死んだおふくろにちょっと似てるんだよ。だから、なんとなく足が向いちまうんだ。まったく色気のない店なんだが、ママの作った切り干し大根やひじきの煮つけは抜群にうまいんだ。それに、親類の家に立ち寄ったような気楽さも味わえるしね」

「クマに二、三度、『紫乃』に連れてってもらったが、おれも寛《くつろ》げたよ。ママに会ったら、よろしく言っといてくれや」

「ああ」

会話が途切れた。ちょうどそのとき、多門のスマートフォンに着信があった。

多門は目顔《めがお》で杉浦に断ってから、スマートフォンを顔の位置まで掲げた。

「わたしです」

女友達の五十嵐飛鳥だった。

「よう！」

「今夜、どうしても会いたいの。なんとか時間の都合《つごう》をつけてもらえない？　お願い！」

「弱ったなあ。まだ何日か忙しいんだ」

「そうなの」

「近いうち、必ず飛鳥ちゃんに連絡するよ」

「もしかしたら、わたしを避けはじめてるんじゃない？」

「どうしてそんなふうに思うのかな」

「最近、なんか冷たくなった気がするのよ。以前なら、どんなわがままも聞いてくれたわ。真夜中に急におでんが食べたいと言い出したとき、わざわざホテルを飛び出して、車でコンビニまで買いに行ってくれたわよね？」

「そんなことがあったっけな」

「うん。わたしがワインを飲みすぎて吐いちゃったときも、あなた、すぐに素手で床の小間物《こまもの》を片づけてくれたわ。あのときは、すっごく感動しちゃった。それから、とても愛されてるとも感じたわ」

「いまだって、少しも気持ちは変わってないよ。飛鳥ちゃんのためだったら、おれ、火の中だって、水の中だって飛び込める」

「嘘ばっかり。わたしの誘いを二度も平気で断ったじゃないの。わたしに飽《あ》きたんなら、はっきりとそう言ってちょうだい。少しずつ遠のくなんて、男らしくないわ」

「おれが飛鳥ちゃんに飽きるだなんて、そんなことは絶対にないって。おれは飛鳥ちゃんがいるから、生きていけるんだ」

多門は熱っぽく語りかけた。

すると、杉浦が空咳《からぜき》をした。多門は慌ててスマートフォンの送話孔を掌《てのひら》で塞《ふさ》いだ。

「急に音声が途切れたみたいだけど、バッテリーが切れそうなの？」

「そ、そうなんだよ」

「そういうことなら、早口で喋るわ。ほんとにわたしのことを愛してくれてるの？」

飛鳥が言葉に節《ふし》をつけて訊《き》いた。

「もちろんさ。きみこそわが命、だよ」

「あなたに愛されてるって言われたら、急に会いたくなったわ」

「飛鳥ちゃん、まだ会社にいるんだろ？」

多門は確かめた。

「ううん、自分のマンションよ。遅刻しそうだったんで、ずる休みしちゃったの。ベッドに寝そべって、電話してるのよ」

「そうだったのか」

「はるか昔に流行《はや》ったという、テレフォン・セックスをしてみない？」

飛鳥は言いながら、早くも息を乱しはじめた。どうやら指で自分を慰めているらしい。

女が恥を晒《さら》したのだ。ここは協力してやるべきだろう。

多門はスマートフォンを握り直し、切なげな呻き声を送りはじめた。いつしか飛鳥の喘《あえ》ぎは、淫蕩《いんとう》な呻き声に変わっていた。彼女と戯《たわむ》れているうちに、多門は華奈との濃厚な交わりを思い起こしていた。

一分ほど経ったころ、急に飛鳥が頂《いただき》に達した。唸り声を発し、啜《すす》り泣くような声を洩らしはじめた。

「いまの遊びは、二人だけの秘密にしておこうな」

多門は電話を切った。

「相変わらず、お盛んじゃねえか。クマ、尻《けつ》の毛まで抜かれるなよ」

杉浦がいつもの口調で茶化し、にやりと笑った。さきほどの件には、もう拘《こだわ》っていない様子だった。

「そろそろ出ようか。これから白瀬に張りついてみるよ」

多門は卓上の伝票を抓《つま》み上げ、レジに向かった。

3

鳥居坂ビルが見えてきた。

斬新《ざんしん》なデザインで、最上階の屋根はドーム型になっている。八階建てだ。

多門は鳥居坂ビルの二十メートルほど手前で車を路肩に寄せた。

そのとき、懐でスマートフォンが鳴りはじめた。多門はスマートフォンを摑み出した。

「先日お目にかかった木戸です」

「やあ、どうも！」

「ちょっとうかがいたいことがありましてね。多門さんは、祐乗坊匡という名に聞き覚えがありますか？」

「華奈のお茶の先生ですよ。こっちは一度も会ったことないんだが、三田村さんがそう言ってた」

「そうですか。実は少し前に朝倉弘君から電話がありまして、華奈さんの遺品の中に祐乗坊という男の借用証が混じってたらしいんです」

「借用証だって？」

「ええ。百万円の借用証で、華奈さん宛になってるそうです。日付は五カ月ほど前だという話でした」

木戸が言った。

「そう。華奈にとって、百万は大金と言ってもいいだろう。無理をしてまで金を用立ててやった理由は何だったのか。そのことが気になるね」

「彼女は尻軽じゃありませんでしたから、茶道の先生と恋愛関係にあったとは考えにくいでしょう？」

「そう思いたいね」

「ただ、他人が困っていると黙って見ていられないタイプでしたよね。だから、祐乗坊という先生に百万円を貸してあげたんじゃないのかな」

「そうなんだろうか」

「お茶の先生って、もっと経済的に恵まれていると思ってましたが、意外にリッチじゃないんですね」

「他人《ひと》から聞いた話だが、祐乗坊の実父に当たる先代の家元がイタリアの国債を十億円近くも買って、そっくり溶かしてしまったらしいんだ」

「それで、経済的に苦しくなったのか」

「多分、そうなんだろうな」

「それにしても、弟子からお金を借りなきゃならないところまで逼迫《ひっぱく》してたんですかね？」

「だろうね」

「弘君の話によると、祐乗坊匡の自宅は目黒区の自由が丘にあるというんですよ。あのあたりは高級住宅地です。不動産を処分すればいいのにな」

「おそらく先代の家元は自宅の土地を担保にして、銀行からイタリア国債の購入資金を融資してもらったんだろう。高利回りだったから、借りた金を返済しても、億単位の利益を手にできると胸算用してたんだろうな。ところが、イタリアの経済が破綻《はたん》してしまった」

「そうでしたね。日本の特殊法人や共済組合のプール金でイタリア国債が多く購入されましたが、そっくり債権放棄させられたわけですから、泣くに泣けませんよね。ハイリターンに引っかかると、ろくなことにはならないという教訓でしょう」

「そうだね」

「多門さん、こうは考えられませんか。華奈さんは、電話で〝世話になった恩人〟と言っていました。祐乗坊は茶道の先生です。金に困った祐乗坊が何か非合法ビジネスに手を染めた。たまたま何かで華奈さんがそのことを知ってしまった。そのため、彼女は葬《ほうむ》られることになってしまった」

「そういう推測はできるが、まだ決定的な裏付けがあるわけじゃない」

多門は慎重な答え方をして、華奈が友人の理恵に預けたUSBメモリーのことを明かした。

「白瀬という元判事が事件を解く鍵を握ってるようですね」

「それは間違いないだろう。だから、少し白瀬の動きを探《さぐ》ってみるつもりなんだ」

「そうですか。多門さんは強そうだから、心配ないでしょうが、あまり油断しないほうがいいと思います。犯人は、きっと華奈さんの周辺の人間の動きを監視しているにちがいありません」

「だろうね。その後、自宅マンションに誰かが侵入したことは？」

「それはありません。でも、妙な男に尾行されてるようなんですよ」

「そいつは三十歳前後で、黒いスポーツキャップを被ってなかった？」

「いいえ、スポーツキャップは被っていませんでしたね。年齢《とし》も、もう少し上でしょうね。五分刈り頭で、鷲《わし》のような鋭い目をした男です。堅気には見えなかったな」

「そっちこそ、気をつけたほうがいいな。尾行してる奴が何か仕掛けてきたら、とりあえず逃げることだよ」

「ええ、そうします。祐乗坊のことを少し調べてみましょうか？」

「実は、知り合いの元刑事に祐乗坊のことを調べてもらうことになってるんだ」

「そうなんですか。それなら、元刑事の方にお任せしたほうがよさそうだな。白瀬のことで何かわかったら、教えてください。それでは、失礼します」

木戸が電話を切った。多門はすぐ杉浦に電話をかけた。

杉浦はツーコールで電話に出た。車で祐乗坊の自宅に向かっている途中だという。多門は木戸がもたらしてくれた情報を杉浦に伝えた。

「そういうことなら、まず祐乗坊の自宅周辺の不動産屋に行ってみるよ。ひょっとしたら、奴の自宅が売りに出されてるかもしれねえからな」

「そうだね。杉さん、華奈は祐乗坊になぜ百万を用立てたんだと思う？」

「クマは気分を害するかもしれねえけど、美人弁護士はお茶の先生に淡い恋愛感情を寄せてたんじゃねえのかな」

「華奈が二股かけてたって言うの？」

「二股かけてたってことじゃなく、殺された女弁護士は一方的に祐乗坊に憧《あこが》れにも似た思慕《しぼ》を寄せてたのかもしれないぞ」

「華奈はおれとつき合いながらも、祐乗坊に片想いしてたんだろうか。ショックだな」

「クマ、嫉妬すんなって。つき合ってる女が誰かに片想いしてたとしても、大目に見てやれや。別に相手と寝たわけじゃねえんだから、裏切ったことにはならないだろうが」

「体の関係まで進まなかったから背信行為にはならない、って考え方はおかしいよ。セックスは所詮《しょせん》、粘膜《ねんまく》の接触だ。いくら抱き合ったって、それだけで男と女の心が寄り添えるわけじゃない」

「クマ、何が言いてえんだ？」

「特定の彼氏がいる女性が別の男に片想いをしてたら、それだけでルール違反だよ。心の中は誰にも見えない。だから、戯《たわむ》れに相手とセックスするよりもプラトニックラブのほうが罪深いんじゃない。恋愛の基本は相互の信頼だからね。杉さん、そうだろう？」

「そのことについては、クマの言う通りだろうな。でもな、人間は欲が深くて、どいつも自己矛盾を抱えてる。『桜の園』の作者のチェーホフは、矛盾を生きるのが人間で、それこそが人生だと何かに書いてる」

「杉さん、インテリだったんだな。ちょっと見直したよ」

「ちぇっ、ばかにしやがって。おれだって、若いころは戯曲も文学書も読んださ。それはともかく、心の中で誰かをいいなと思ったり、殺したくなったりするだけで、人間は咎《とが》められるのか？　心の中だけなら、何を考えてもいいんじゃねえのか。それこそ、個人の自由だ」

「あんまり話を拡《ひろ》げすぎないでくれないか。惚れた男女は、心の触れ合いを何よりも大事にしなきゃならない。だから、心の浮気もよくないよ」

「そう考えてるクマが女弁護士に内緒で親しくしてる女たちとこっそりデートしてた。言ってることとやってることがだいぶ違うじゃねえか」

「おれには、どの女友達も大切なんだよ」

「そういうのを世間では、好色と呼ぶんだ。身勝手でもあるな。カッコいい恋愛観を口にしたって、矛盾だらけじゃねえか」

「矛盾を生きるのが人間だ。チェーホフは、そう言ってるんだったよね？」

「この野郎、うまく逃げやがって。それはそうと、死んだ女弁護士が仮に祐乗坊を密《ひそ》かに想ってたとしても、それぐらい赦《ゆる》してやれや。クマのほうが何十倍も彼女を裏切ってたわけだから」

「そういうことになるのか」

「多分、女弁護士は単なる隣人愛から祐乗坊に百万貸してやっただけなんだろう。きっとそうにちがいない。クマ、そういうことにしちまおう」

杉浦が一方的に喋り、通話を切り上げた。

多門はスマートフォンを懐に戻し、車を降りた。鳥居坂ビルに歩み寄り、入居者プレートを見る。白瀬健人事務所は六階にあった。

多門はエレベーターに乗り込んだ。六階で函《ケージ》を出ると、白瀬健人事務所のドアに耳を押し当てている男がいた。

多門は物陰に隠れ、不審な男を観察した。
三十七、八歳の優男《やさおとこ》だ。切れ長の目は涼しげで、鼻が高い。甘いマスクだが、体軀《たいく》は逞《たくま》しかった。筋肉が発達し、贅肉《ぜいにく》は少しも付いていない。
身長は百七十七、八センチか。体重は七十五、六キロだろうか。シルエットはすっきりとしている。粋《いき》な身なりをしていた。上着も靴も安物ではなさそうだ。

男は何者なのだろうか。やくざには見えないが、素っ堅気ではなさそうだ。

多門は、そう感じた。

そのとき、マスクの整った男が白瀬の事務所から離れた。エレベーターホールに向かって歩いてくる。

多門は死角になる場所まで後退した。

ほどなく優男がエレベーター乗り場にたたずんだ。リラックスしているように見えるが、どことなく隙《すき》がない。何か格闘技を身につけているようだ。

エレベーターの扉が左右に割れた。

気になる男は、すぐに函《ケージ》の中に消えた。ケージが下降しはじめた。

多門は白瀬健人事務所に足を向けた。

事務所のドアの横にへばりつき、あたりをさりげなく見回す。人の姿は目につかなかった。

多門は上着のポケットから、素早く〝コンクリートマイク〟と呼ばれている盗聴器セットを取り出した。黒い受信機は煙草の箱ほどの大きさで、上部には円《まる》い小型マイクとイヤフォンのジャックが嵌《は》まっている。

マイクを壁に当てると、増幅させた室内の音声がクリアに聴こえる。使用電源は電池だった。数十年も前から市販されている手軽な盗聴器だ。

秋葉原の電器専門店で、二万円前後から売られている。多門が持っている　"コンクリートマイク〟は、ハイテク仕様の高精度製品だった。厚さ七十五センチのコンクリート壁越しでも、向こう側の音声を拾える。

多門は先にイヤフォンを耳に嵌め、小型マイクを壁面に押し当てた。すぐに男同士の会話が耳に届いた。白瀬が来客の応対をしているのだろう。

——先生のおかげで、特別土地保有税を大幅に圧縮できました。

——ホテル建設予定地は、マンション業者に四十三億円で売却できたんだったね？

——はい。ですので、市に約七億円の特別土地保有税を支払わなければと考えていたんですよ。しかし、白瀬先生に教えていただいたマジックを使いましたら、土地Bの部分の坪単価はぐっと低くなりました。

——ちょっと荒っぽい細工《さいく》だったがね。

——ええ、そうみたいですね。土地Bの岩盤下までボウリングして、粘土質の泥を大量に流し込んで、人工的に地滑りを起こさせたわけですので。そのおかげで、土地Bの三十パーセントは斜面地扱いにしてもらえました。

——おたくの会社が所有してたホテル用地の周辺には民家がまったくないという話だった

んで、そういう大胆なプランを思いついたんだよ。

――先生の頭のよさには、ただただ驚いています。

――本当は悪知恵が発達してると言いたいんじゃないか？

――いえ、いえ。先生、確認しておきたいのですが、小社が国土法に引っかかるようなことはありませんよね？

――びくびくしなさんな。東陽《とうよう》開発さんは、前の地主に騙《だま》されて地滑りする危険性のある土地Bまで土地Aと一緒に買わされた。そうでしょ？　くっくっく。

――あっ、はい！　そういうことになるんですよね。

――そうなんだよ。おたくの会社は、前の地主にとんでもない土地Bまで売りつけられた。だから、マンション業者に転売したホテル用地のうちの土地Bの坪評価額が低いのは当然なんだ。そうだよね？

――ええ、おっしゃる通りです。とにかく、一億八千万円も節税できたのは、白瀬先生のお知恵を拝借できたからです。

――で、約束したものは持ってきてくれたのかな。

――もちろん、お持ちいたしました。このビニールの手提げ袋《さ》の中に現金二千万円が入っております。

──そう。前にも言ったと思うが、領収証は切れないよ。こちらも余計な税金は払いたく
ないんでね。

──よくわかっております。領収証は結構です。

──そう。重いものをわざわざ届けてくれて、どうもありがとう。

──お礼を申し上げなければならないのは、当方です。白瀬先生、ありがとうございました。

──いつでも力になりますよ。法の抜け道というか、いわゆる裏技ってやつはいくらでもあるんだ。

──そうなんですか。

──たとえば、公金を横領しても有罪にならない裏技は幾つもある。どれもポイントを衝《つ》いたテクニックで一応、合法なんだ。むろん、違法すれすれだがね。借りた金をチャラにもできるし、うっかり虫歯を間違って抜いた歯医者からだって一億円は取れる。

──なんだってできそうですね。

──事実、たいていのことはできるよ。元裁判官が言うのも妙だが、民法のほとんどは底の抜けたバケツみたいなもんだからね。笊法《ざるほう》もいいとこだよ。おかげでわたしでも、法律相談で飯が喰えるわけだ。

——繁昌されているようですので、年収数億円は楽に稼がれているのでしょうね？

——それは企業秘密ってことにしておくか。何かあったら、いつでもどうぞ！

——はい、ありがとうございます。その節はよろしくお願いします。


会話が途絶《とだ》えた。

男たちがソファから立ち上がる気配が伝わってきた。

多門は壁から盗聴マイクを離し、イヤフォンを外した。二本の細いコードを手早く受信機に巻きつけ、上着のポケットに戻す。

エレベーターホールにたたずんでいると、白瀬のオフィスから四十四、五歳の額の禿《は》げ上がった男が出てきた。濃紺のスーツを着ていた。東陽開発の社員だろう。

多門は一瞬、男に声をかける気になった。

白瀬の交友関係を探り出したかったのだが、男に告げ口をされたら、その後、動きにくくなるだろう。すぐに思い留《とど》まった。

多門は男と同じケージに乗り込み、一階に降りた。

鳥居坂ビルを出たとき、視界の端にさきほど見かけた切れ長の目の男が映った。

男はわざとらしく人待ち顔をつくってから、ドルフィンカラーのＢＭＷに乗り込んだ。

シリーズだった。まだ新しい。新車価格は一千万円以上するはずだ。

多門は煙草に火を点けながら、ＢＭＷのナンバープレートの数字を読んだ。

ＢＭＷが穏《おだ》やかに走りはじめた。多門はくわえ煙草で、自分のボルボに歩み寄った。喫いさしのロングピースを爪で弾き飛ばしてから、運転席に入る。

多門は東京陸運局に勤めている知人に電話をかけた。彦根《ひこね》という名で、五十歳近い男だ。

「多門ちゃん、元気かい？」

「相変わらずだよ。彦《ひこ》さんは？」

「また血糖値が高くなっちゃって、『紫乃』にもご無沙汰なんだ」

「酒をやめてるんだったら、仕方ないよ。ところで、ナンバー照会を頼みたいんだ」

多門は優男のＢＭＷのナンバーをゆっくりと告げた。彦根が折り返し電話をすると言って、通話を終わらせた。

多門はエンジンをかけ、冷房のスイッチを押した。

二分ほど過ぎたころ、彦根から電話がかかってきた。

「その車の名義は、『東京リサーチ・サービス』という探偵社になってるね。所在地は渋谷区桜丘町《さくらがおかちょう》の『渋谷レジデンス』内で、代表者の名は見城豪《けんじょうすぐる》だよ」

「見城だって!?」

「そう。知り合いなの？」

「会ったことはないが、そいつの噂はだいぶ前から聞いてたんだ」

「見城とかいう探偵屋が多門ちゃんの素行調査でもしてるわけ？」

「そうじゃないんだ。糖尿病が治ったら、また一緒に飲もう。彦さん、サンキューね！」

多門は電話を切り、小さく唸《うな》った。

噂によると、同い年の見城豪はただの冴《さ》えない私立探偵ではないらしい。その素顔は凄腕の強請屋《ゆすりや》だという。

といっても、強欲な小悪党ではないそうだ。見城は、財力や権力を持つ傲慢《ごうまん》な極悪人たちをとことん嬲《なぶ》り、自尊心をずたずたにしているらしい。その上、巨額を巻き揚げているという。かつては赤坂署の刑事だったそうだ。

多門は見城の噂を耳にしたときから、伝説の男に会ってみたいと願っていた。しかし、そのチャンスはなかなか訪れなかった。

真偽の程はわからないが、見城は強請屋のほかにもう一つ裏の顔を持っているという。それは情事代行人だ。甘いマスクの見城は夫や恋人に裏切られた女性たちをベッドで慰め、一晩十万円の報酬を得ているらしい。ベッドテクニックは群を抜いているそうだ。

そのことには、別段、文句をつける気はない。

しかし、〝娼夫〟まがいのことをしているのは気に喰わない。女性から金を貰うという卑《いや》しさも赦《ゆる》せない。機会があったら、一度とっちめてやりたいものだ。

おおかた見城は白瀬の悪事の証拠を摑んで、途方もない額の口止め料を脅し取る気なのだろう。そのこと自体は気にもならない。ただ、行く先々に現われたら、やはり目障《めざわ》りだ。

それにしても、会いたいと思っていた見城と同じ人物をマークしていたとは奇妙な因縁《いんねん》だ。伝説の優男も、どこかで自分の噂ぐらい耳にしたことがあるかもしれない。

多門はそう思いながら、鳥居坂ビルの出入口に目を注いだ。

4

黒いジャガーXEが横づけされた。

ちょうど午後九時だった。多門は、フロントガラス越しに鳥居坂ビルの出入口を見た。

一分も経たないうちに、角張った顔の中年男が現われた。白瀬だ。

ジャガーの運転席から、三十三、四歳の五分刈りの男が降りた。

鷲のような目をしている。フリージャーナリストの木戸を尾行していた男かもしれない。風体《ふうてい》は、やくざっぽかった。

男はジャガーの後部座席のドアを開けた。白瀬が尊大な態度でうなずき、リアシートに腰かけた。眼光の鋭い男は恭《うやうや》しくドアを閉めると、急いで運転席に戻った。白瀬のお抱え運転手兼用心棒なのだろう。

ジャガーが走りだした。

多門は少し時間を遣《や》り過ごしてから、高級英国車を追いはじめた。ジャガーは外苑東通《がいえんひがし》りを右折し、飯倉《いいぐら》方面に向かった。行き先の見当はつかなかった。

ジャガーは飯倉から日比谷方向に進んだ。

白瀬は誰かと会うことになっているのか。

多門はミラーを仰《あお》ぎながら、尾行しつづけた。怪しい追尾車輛は見当たらない。見城のBMWも視界には入ってこなかった。

やがて、ジャガーは銀座の並木《なみき》通りに入った。低速で進み、資生堂《しせいどう》本店の並びにある白い飲食店ビルの前で停まった。

きつい目をした男があたふたと車を降り、後部座席のドアを開ける。白瀬が降り、ドライバーに何か告げた。ドライバーはジャガーの運転席に戻り、車を発進させた。

白瀬が馴《な》れた足取りで、飲食店ビルの中に入っていった。

多門はボルボから出て、飲食店ビルまで大股で歩いた。ビルの中を覗くと、白瀬はエレベーターホールに立っていた。

エレベーターは二基あった。しかし、あまり白瀬に近づかないほうがいいだろう。

ほどなく白瀬が左側の函《ケージ》の中に消えた。乗り込んだのは、彼ひとりだった。

多門は急ぎ足で、エレベーターに近づいた。階数表示ランプを目で追う。ランプは八階で静止した。

広瀬の馴染みのクラブが八階にあるのだろう。

多門は右側のケージに乗り込み、八階に上がった。ちょうどホールに降りたとき、白瀬が奥にある店に入るところだった。

多門は奥に歩《ほ》を進めた。白瀬が吸い込まれたのは、『うらら』という店名の会員制クラブだった。

会員制の店では入れない。多門はエレベーターホールに引き返し、一階に降りた。飲食店ビルを出ると、見城豪が多門の車を覗き込んでいた。

ＢＭＷは、どこにも路上駐車されていない。裏通りか、有料駐車場にパークさせたのだろう。多門はボルボに歩み寄った。気配で、見城が振り向く。

「このボルボ、おたくの車？」

「ああ。おれの車が気に入ったんだったら、あんたのＢＭＷと取り替えてもいいぜ。どうだい？」

「おれのことを知ってたのか」

「見城豪の悪名は、アンダーグラウンドでは聞こえてるからな。数々の武勇伝を持つ有名人に会えて光栄だよ」

「武勇伝を轟《とどろ》かせてるのは、多門剛のほうだろうが」

「ほう、おれの名を知ってたか」

「あんたのことは田上組にいた時分から、おれの耳に入ってたよ。陸自の第一空挺団にいたんだってな？」

「昔のことは、もう忘れたよ」

「気障《きざ》だね」

見城が薄く笑った。

「気障野郎は、そっちじゃねえか。探偵やりながら、悪人狩りをしてるんだって？　それから、情事代行人と称してセックスパートナーも務めてるんだってな」

「あんた、探偵になれるよ。裏社会の始末屋で喰えなくなったら、おれの助手にしてやってもいい」

「言ってくれるじゃねえか。ジゴロみてえな奴にでけえ口はたたかせねえぞ」

多門は左目を眇《すが》め、野太《のぶと》い声で凄んだ。

「足を洗っても、本性は隠せないな」

「おれに喧嘩売ってんのか？　上等じゃねえかっ」

「そうカッカするなよ。イメージがさらに崩れるからさ」

「どういう意味なんでえ？」

「おれは頭の中で、あんたのことをもう少し深みのあるダークヒーローとイメージしてたんだ。しかし、なんか軽いな。体は重そうだがね」

「そっちこそ、軽い生き方をしてるじゃねえかっ。傷ついた女性たちをベッドで慰めて、十万円も取ってるだと!?」

「十万でも安いと思ってるよ。おれは、男たちに裏切られた女たちに生きてることの素晴らしさと性の歓《よろこ》びをたっぷり味わわせてやってるわけだから」

「ちょいとマスクがいいからって、思い上がるんじゃねえ。銭《ぜに》なんか貰わなくても、女たちの哀しみや辛さを取り除いてやるのが男の務めだろうが！」

「他人《ひと》に自分の価値観を押しつけるのは、あまりスマートじゃないな。それに、あんたの考え方は少し独善的だ」

「どこが独《ひと》りよがりなんでえ？」

「仮におれが無料でベッドパートナーを務めたら、相手は精神的な負担を感じるだろう。おれは、彼女たちの新しい彼氏じゃない。赤の他人に甘えたら、ふつうは何らかの借りを作ったと思うもんだ。だから、おれはちゃんと金を貰ってるんだよ」

見城が乾いた口調で言った。

「ずいぶん口が達者だな。きれいごとを言ってるが、そっちは金銭欲の強いスケベ男なんだよ」

「そう思いたければ、思えばいいさ」

「おれも女好きだが、どんなにサービスしたって、見返りなんか期待したことねえぞ。それが男の粋《いき》ってもんじゃねえのか。え？」

「粋に生きられる人間なんていやしない。どんな奴も無欲じゃないからな。そもそも女たちを労《いたわ》ってやらなきゃならないと思い込んでる男は、無意識に性差別をしてるんだよ」

「おれは、女たちを差別なんかしてない。なんだかんだ言っても、世の中はいまも男社会だ。だから、生きにくい思いをしてる彼女たちの味方になりてえんだよ。それのどこがいけないんだっ」

「そういう考え方そのものがフェミニズムを理解してないってことになるな」

「やっぱり、そっちはおれを挑発してやがるんだなっ。売られた喧嘩は、いつでも買うぜ。

かかってこいや」

多門は少し退がって、すぐに身構えた。

「また、イメージダウンだ」

「同じ台詞《せりふ》をそっくり返してやらあ。こっちこそ、失望したぜ」

「それじゃ、おあいこだ。ところで、おれのビジネスの邪魔をしないでくれ」

「どういうことなんでえ？」

「あんたはおれと同じ獲物を追いかけてるようだが、こっちが先に見つけたんだ。だから、優先権はおれにある」

「なんの話をしてるんだ？」

「まどろっこしい駆け引きはやめよう。あんたは白瀬健人をマークしてるはずだ。マークしてる理由はわからないがな」

「こないだ、おれがつき合ってた女性が拉致されて惨殺されたんだ。その事件《ヤマ》に白瀬が関与してるかもしれねえんだよ」

「その彼女は弁護士だったんだろう？」

見城が確かめた。

「ああ、その通りだ。名前は朝倉華奈だよ。おれはどうしても自分の手で犯人を捜してえんだ。白瀬に関することで、いろいろ教えてくれねえか。もちろん、それ相応の謝礼は払う」

「あんたの事情はよくわかった。しかし、おれにはおれの事情がある。だから、あんたに情報を提供することはできない」

「そっちは、どうせ白瀬の何か弱みを摑んで口止め料をせしめる気なんだろう? 奴を咬《か》んで、いくら吐き出させるつもりなんだ。一千万かい? それとも、二千万円か。その程度の金なら、おれが情報料として払ってやらぁ」

「あんた、どうかしてるな。裏社会の始末屋として名を売ってる男には、それなりのプライドがあるだろうが。初対面の男にそこまで言うのは、みっともないな」

「そっちの言う通りかもしれねえ。けどな、おれは殺された彼女に惚れてたんだ。一日も早く犯人を見つけ出して、朝倉華奈を成仏《じょうぶつ》させてやりてえんだよ」

「そうしたかったら、自分で猟犬みたいに白瀬の身辺を嗅《か》ぎ回るんだな」

「もしかしたら、そっちは、おれの彼女だった弁護士の事件《ヤマ》を調べてるんじゃねえのか?」

「その質問には答えられない。とにかく、おれは白瀬に牙《きば》を剝《む》くつもりでいる。それだから、おれのビジネスの邪魔をしないでくれ。こっちの目の届く場所に現われたら、容赦なく蹴散らす」

「そういうことなら、おれもそっちに先を越されたくねえな。しばらく歩き回れないようにしてやろう」

多門は両膝をやや曲げ、重心を低くした姿勢をとった。

「柔道の自護体《じごたい》の構えか」

「少し柔道をやってたみてえだな」

「ほんの少しね。あんたは有段者なんだろ？」

「一応、三段だよ。そっちは空手使いなんだってな？」

「実戦空手《フルコンタクト》と剣道を少々、齧《かじ》っただけだ」

「段位は？」

「そいつは、あんたに決めてもらおう」

「どこまでも気障《きざ》な野郎だ。自信があるんなら、先に仕掛けてきな」

「いいだろう」

見城が間合いを詰めてきた。無防備な歩捌《ほさば》きだった。どうやらフェイントをかける気になったらしい。

多門はそう読み、誘いには乗らなかった。

「読まれてたか」

見城がにっと笑い、急に高く跳躍《ちょうやく》した。すぐに空中で右脚を伸ばし、左脚を深く曲げる。

二段蹴りの構えだ。

多門は大きくステップバックした。見城が蹴り脚を縮めた。敵との距離が離れすぎていると判断したのだろう。

見城が舗道に着地した。軽やかな身ごなしだった。

多門は見城に組みついた。後ろ襟《えり》をむんずと掴んだとき、見城が前蹴りを放った。多門は左の向こう臑《ずね》に激痛を覚えた。

鋭い蹴りだった。痛みを堪《こら》えて、大腰《おおごし》を掛ける体勢に入った。

すると、見城が今度は膝蹴りを見舞ってきた。多門は太腿を蹴られたが、そのまま腰を大きく捻《ひね》った。

見城が倒れた。多門は見城を押さえ込んだまま、袈裟《けさ》固めに入った。

「優男も、結構やるじゃねえか。縦四方《たてしほう》固めから腕ひしぎ十字固めと繋いで、最後は関節技を極《き》めてやろう。腕がブラブラになったら、車の運転もできなくなる」

「そうはさせない」

見城が二本貫手《ぬきて》で多門の両眼を突いた。

多門は眼球をもろに突かれたことで、思わず力を緩《ゆる》めてしまった。見城が敏捷《びんしょう》に起き上がった。

多門も立ち上がった。

だが、痛くて瞼《まぶた》を開けることができない。少し後退したほうがよさそうだ。数歩退《さ》がったとき、胴に中段回し蹴りを浴びせられた。

多門は少しよろけた。次の瞬間、顔面に飛び込み突きを喰らってしまった。鼻柱が鈍く鳴った。かすかな痺《しび》れも感じた。

多門は体をふらつかせたが、倒れなかった。

見城に躍《おど》りかかり、支《ささ》え釣《つ》り込み足を掛けた。足技《あしわざ》は、きれいに決まった。見城が横倒しに転がった。

多門は見城の腰を蹴った。見城は口の中で呻いたが、すぐに跳ね起きた。

二人は睨《にら》み合った。いつの間にか、野次馬《やじうま》たちに取り囲まれていた。人垣の向こうで、若い男がスマートフォンを耳に当てている。どうやら一一〇番通報しているようだ。

「パトが来そうだな。きょうの勝負は引き分けってことにしておこうか」

見城がそう言い、多門に背を向けた。野次馬の男女を掻《か》き分け、新橋方面に向かって走りだした。ひとまずこの場から消えよう。多門は見城とは逆方向に駆けはじめた。

交詢社《こうじゅんしゃ》通りを突っ切り、みゆき通りを右に曲がる。多門は中央通りで立ち止まり、呼吸を整えた。

優男は、思いのほか手強《てごわ》かった。侮《あなど》ったら、逆に自分がぶちのめされかねない。次のファイトで決着をつけないと、相手になめられそうだ。多門はそう思いながら、煙草を深く喫いつけた。

そのとき、懐でスマートフォンが鳴った。

多門は足許に落とした煙草の火を三十センチの靴で踏み消し、スマートフォンのディスプレイを見た。電話をかけてきたのは杉浦だった。

「少し前に不動産屋を訪ねたんだが、祐乗坊の自宅はメガバンクと地銀《ちぎん》の両方に抵当権を設定されてるそうだぜ。もちろん、第一抵当権を押さえてるのはメガバンクのほうだ」

「借金総額は？」

「不動産屋の話だと、五億以下じゃねえだろうってさ。祐乗坊の自宅の土地と家屋の登記簿謄本《とうほん》を見せてもらったわけじゃないが、億単位の借金があることは間違いねえだろう」

「祐乗坊は自宅の土地を売る気でいるんだろうか？」

多門は問いかけた。

「いまんとこ自宅を手放す気はねえみたいだぜ。不動産屋が数カ月前に庭半分を売却したらどうかって話を持ちかけたらしいんだが、祐乗坊はけんもほろろだったってよ。自分の代で親から相続した不動産を手放すことは絶対にできないと言ってたらしい」

「そう」

「銀行の利払いだけで毎月百数十万円も払ってるって話だったから、かなり生活は苦しいんだろうな」

「家元の窮状《きゆうじよう》を見て、おそらく気の優しい華奈は自分から百万を貸してやったんじゃないのかな」

「そうなのかもしれねえ。ただ、祐乗坊は生活が苦しいくせに、別荘も車も売る様子がねえらしいんだ」

「見栄もあるだろうから、別荘や車は手放せないいんだろう」

「そうなのかね。クマ、もしかしたら、祐乗坊には借金を返せる当てがあるんじゃねえのか？」

杉浦が言った。

「つまり、祐乗坊は何かダーティー・ビジネスをやってるんじゃないかってことだね？」

「そう。そのあたりのことをもう少し調べてみるよ」

「よろしく頼むね。そうそう、さっき赤坂署にいた見城豪と路上でファイトしたんだ」

多門はそう前置きして、経過を説明した。

「おれは、刑事時代に一度だけ見城に会ったことがある。そのころから、存在感のある男だったよ。歌舞伎役者みたいな顔をしてるが、性格は男っぽそうだったな」

「杉さん、奴はなぜ刑事をやめたんだい？」

「見城は八年前、ある暴力団の若い組長夫人と親密になって、相手の亭主と揉めて大怪我を負わせたんだよ」

「おれと同じようなことをやってやがる。それで、見城は組の連中に追い回されるようになって、赤坂署に居づらくなったわけか」

「クマ、そうじゃねえんだ。見城は組長に怪我させたことの責任をとって、依願退職したんだよ。組長は体面を重んじて被害事実を認めなかったから、見城は起訴されなかったんだ。だから、刑事をつづけることはできたんだよ。しかし、けじめをつけたかったんだろうな」

「ふうん。で、若い組長夫人はどうなったの？」

「彼女は夫が退院した晩、自らの命を絶った。二人の男の間で揺れ惑《まど》いつづけてた組長夫人も、自分なりにけじめをつけたってことだろうな」

「見城の野郎、人妻をそこまで追いつめやがって。でもさ、あいつが本気で恋愛してたみたいだから、ちょっと見直したよ。鼻持ちならない女たらしだと思ってたんだ」

「ルックスはだいぶ違うが、クマと見城は同年代だし、どっか共通点がある。おまえら二人が手を組んだら、裏社会の奴らは震え上がるだろうな」

「おれは、あんなイケメンとコンビを組みたくないよ。なんか損しそうだからね」

「女たちは全員、見城になびきそうだもんな」

杉浦が茶化した。

「男の値打ちは容姿じゃないよ。もちろん、社会的地位や銭でもない。惚れた女性にどこまで尽くせるかだな。杉さん、そう思わない？」

「女もいろいろだからな。イケメンなら、薄情でもいいってのが案外、多いんじゃねえのか。うちの眠り姫も、見てくれに弱《よえ》えから、映画やテレビドラマのカッコイイ主役を眺めながら、なんだっておれみたいな冴えない小男と結婚したんだろうってぼやいてたよ」

「奥さんは、杉さんの嫉妬心を煽《あお》りたかったんだよ。杉さんは上手に女をかまってやれるタイプじゃないからな。女性は、結婚しても恋人のように扱ってほしいんだと思うよ」

「釣った魚に餌《えさ》やっても仕様がねえだろうが」

「そんなこと言ってるから、奥さんが焦《じ》れたんだよ。もう遅いね」

「もう遅い？」

「いっけねえ。おれ、悪気はなかったんだ。そのうち奥さんの意識はきっと蘇るよ。杉さん、頼んだ件、よろしくね」

多門は慌てて電話を切った。自分の神経の雑駁《ざっぱく》さに腹を立てながら、来た道を引き返しはじめる。

数分で、飲食店ビルの前に達した。見城の姿はなかった。パトカーも見えない。

多門はボルボに乗り込んで、カーラジオを点けた。白瀬が姿を見せるまで、粘《ねば》り強く張り込むつもりだ。

第四章　元判事の転売ビジネス

1

見覚えのある黒いジャガーXEが停まった。

飲食店ビルの真ん前だ。ちょうど午後十一時だった。

白瀬を迎えに来たのだろう。多門はラジオの電源スイッチを切った。

数分が過ぎたころ、四人のホステスに囲まれた白瀬が飲食店ビルから現われた。

上機嫌な様子だ。若いホステスの背を軽く叩き、満面に笑みを浮かべている。

眼光の鋭い男が例によって、恭《うやうや》しく後部座席のドアを開けた。白瀬はホステスたちに手を振り、リアシートにどっかと坐った。

ドライバーがドアを静かに閉め、運転席に駆け戻った。

多門は、まだヘッドライトを点けなかった。

ジャガーが発進する。多門はジャガーが交詢社通りに差しかかってから、ボルボを走らせはじめた。ジャガーはソニー通りから新橋を抜け、虎《と》ノ門《もん》方向に進んだ。

白瀬は、まっすぐ経堂の自宅に帰るつもりなのか。それとも、愛人宅にでも向かっているのだろうか。

若い時分に禁欲的《ストイック》な暮らしをしていた男たちはいったん箍《たが》が外れると、反動で享楽的《きょうらく》になるケースが多い。真面目《まじめ》な判事だったころの白瀬は毎日、東京地方裁判所と官舎を往復していたと思われる。

しかし、いまは闇の法律コンサルタント業で荒稼ぎしている。多くの男は金に不自由しなくなると、浮気に走る。

ほぼ間違いなく白瀬には愛人がいるだろう。それもひとりだけではなく、複数の女性の世話をしているかもしれない。

愛人を引っさらって白瀬をどこかに誘《おび》き出せば、事はスピーディーに運ぶ気がする。しかし、どんな女性も巻き添えにはしたくない。だからといって、白瀬をいつまでも泳がせておくと、見城に先を越されてしまうだろう。

多門は焦躁感《しょうそう》を覚えた。だが、急《せ》いては事を仕損じる。

ジャガーは道なりに進み、赤坂見附《みつけ》にあるシティホテルの地下駐車場に潜《もぐ》り込んだ。ホテルの一室で愛人と爛《ただ》れた情欲を充《み》たし合うつもりなのか。

多門もボルボを地下駐車場に入れ、ジャガーから離れた場所に停めた。

すぐにヘッドライトを消し、グローブボックスから変装用のワッチ帽と黒縁眼鏡《くろぶちめがね》を摑み出す。ワッチ帽は黒で、素材は綿だった。

多門は先にワッチ帽を被り、黒縁眼鏡をかけた。

単なる気休めだった。二メートル近い巨体は、どうしても人目についてしまう。

ジャガーから白瀬が降りた。鷲のような目をしたドライバーはリモコン操作機能付きのキーを車体に向け、素早くドアをロックした。

白瀬とドライバーは肩を並べて歩きはじめた。どうやら白瀬は、部屋に愛人を待たせているわけではないようだ。愛人と密会するなら、ドライバーを伴う必要はないだろう。

多門は車を降り、近くのコンクリート支柱に身を寄せた。

白瀬たち二人はエレベーターには乗らなかった。一階ロビーに通じている階段を昇りはじめた。

多門は階段の下まで走った。

すでに白瀬たちは一階ロビーに達していた。多門は階段を駆け上がった。

マークした二人は、ロビーの中央にあるエスカレーターで二階に向かっていた。多門は白瀬たちを追った。

二人は二階の奥にあるバーの中に入っていった。

多門はバーの扉を細く開け、店内を覗き込んだ。照明は暗かった。スペースも広い。バーの中に入っても、白瀬に怪しまれることはなさそうだ。

多門は数分経ってから、バーに足を踏み入れた。

左手に十卓ほどテーブルがあり、右手はL字形のカウンター席になっている。テーブル席は半分ほど客で埋まっていたが、カウンター席には二組のカップルが坐っているだけだった。奥に置かれた自動演奏ピアノは、ジャズのスタンダードナンバーを奏《かな》でている。

多門は、さりげなくバーの中を眺め渡した。

白瀬たち二人は、ほぼ真ん中のテーブル席に並んで腰かけていた。二人の前には、どこか崩れた印象を与える男たちが坐っている。二人だった。

白瀬と向き合っている大柄な男の横顔は、どこかで見た記憶がある。じきに多門は、相手のことを思い出した。

男は元総合格闘家の岡部秋則《おかべあきのり》だった。
三十一、二歳の岡部は半年ほど前に異種格闘技トーナメント戦でクロアチア出身の若いシユートボクサーにマットに沈められ、その翌日に引退してしまった。短く刈り込まれた頭髪は黄色に染められている。

岡部のかたわらにいる三十六、七歳の男は、片方の外耳が半分しかなかった。頰から顎《あご》にかけて、刀傷がくっきりと残っている。ひと目で堅気ではないとわかる風体《ふうてい》だった。

多門はスマートフォンで顔半分を隠しながら、カウンター席の中ほどまで進んだ。洒落《しゃれ》たスツールに腰かけ、バーテンダーにトム・コリンズを注文する。カクテルにしたのは、強いアルコールで不覚をとりたくなかったからだ。

白瀬たち四人は真後ろにいる。多門は煙草を喫いながら、耳をそばだてた。

「早坂《はやさか》君、銀行屋の反応はどうだ？」

白瀬が顔に刀傷のある男に問いかけた。

「一週間ぐらい前に支店長と若い行員が来て、内容証明を読んでくれたかって訊かれました」

「で、どう対応したんだい？」

「先生に指示された通り、日本語がわからねえ振りをしました。けど、上海《シャンハイ》マフィアに見えたかどうか、あまり自信ありませんけどね」

「仮に日本人と見抜かれたとしても、別に心配ないよ。早坂君がいる部屋の契約書はちゃんと押さえてあるから」

「そうなんですか」

「マンションの入居者たちに、荒っぽい真似をしちゃ駄目だよ。きみは顔の傷に手を当てて、腕の刺青《いれずみ》をちらつかせてくれればいいんだ」

「わかってますさあ。マンションにまだ残ってる奴ら、少しはビビってんですかね？」

「口には出さなくても、怯《おび》えてるにちがいないよ。きみは凄みがあるからな。現役のころ、人斬り誠次《せいじ》と呼ばれてただけのことはあるよ。早坂君、何人の血を段平《だんびら》に吸わせたんだ？」

「五人、いや、六人です」

「そのうちのひとりは、ノーリンコ54を握ったまま右腕を斬り落とされたんだってね？」

「もう昔の話です」

「組のために体を張って生きてきた早坂君を破門にしたんだから、仙頭《せんどう》組も冷たいもんだ」

「仕方ないですよ。おれは組の覚醒剤《シャブ》をこっそり持ち出して、西日本の組織に売ろうとしたんですから。言い訳できない掟破《おきてやぶ》りをやったんでね」

早坂が言った。

「でも、売る前にバレてしまったわけだから、何も破門にしなくてもいいと思うがな」

「小指《エンコ》飛ばして済むような不始末じゃなかったんで、破門されても仕方ないですよ。全国の親分衆に絶縁状を回されなかっただけでも、ありがたいと思ってます。絶縁状を回されたら、どこにも足《ゲソ》つけられなくなりますんで。もっとも自分はアクが強いから、面倒見てくれそうな組もないでしょうけど」

「早坂君、フリーで生きたほうが気楽なんじゃないのか」

白瀬が言った。

「ちゃんと喰えるんだったら、一匹狼も悪くないっすね」

「わたしの仕事を手伝ってくれてるうちは、きみに貧乏はさせないよ」

「それは心強いな。先生、よろしく頼みます」

早坂がぺこりと頭を下げた。

いつの間にか、トム・コリンズが目の前に置かれていた。多門は、ジンをベースにしたカクテルに口をつけた。なんとなく水っぽかった。

「先生、自分が寝泊まりしてるオフィスに女を連れ込んじゃ、まずいですか?」

元総合格闘家の岡部が白瀬に問いかけた。

「女っ気なしじゃ退屈だろうが、もうしばらく我慢してくれ」

「やっぱり、駄目ですか。がらんとしたオフィスにいると、時間がなかなか過ぎてくれないんですよ。一日中、格闘技のビデオを観《み》て過ごしてるわけですが、無性に女を抱きたくなるときがあるんです。デリヘル嬢を呼ぶのも、まずいですか？」

「辛いだろうが、それも控えてくれ」

「まいったな」

「近いうちに、森下《もりした》に裏ＤＶＤを何枚か届けさせよう」

白瀬が言った。隣に坐った眼光の鋭い男が、岡部に話しかけた。

「洋ものがいいのかな？」

「裏ＤＶＤ観《み》ながらマス搔《か》くのは、なんか虚《むな》しいな。森下さん、どうせなら、生身の女をこっそり差し入れてくださいよ。白瀬先生には内緒でね」

「そんなことをしたら、おれは失業者になってしまう。早坂の旦那と違って、こっちは絶縁状を回されたんだから、どこの盃《さかずき》も受けられない」

「森下さん、組長の娘を姦《や》っちゃったんだって？」

「おれは誘惑されて、ついその気になっちゃっただけなんだ。お嬢は組長《オヤジ》のお気に入りの見合い相手と結婚したくなかったんで、おれを利用したんだよ。白瀬先生が拾ってくれなかったら、おれはどこかで野垂れ死んでたろう」

「こっちも白瀬先生に声をかけてもらわなかったら、ただゴロゴロしてたと思うな。占有屋の仕事は報酬がいいから、ありがたいね」

「岡部君、声が高いよ」

白瀬が元総合格闘家を窘《たしな》めた。

岡部が素直に詫《わ》び、口を結んだ。白瀬たちは揃って小声になった。

元判事は岡部と早坂をテナントビルやマンションに住まわせ、家主から法外な立ち退《の》き料をせしめているのだろう。

多門は、そう推測した。しかし、闇の法律コンサルタントがその程度のダーティー・ビジネスで満足するものだろうか。そうとは思えない。白瀬は、もっと悪どいことを企んでいるのではないか。多門はトム・コリンズのお代わりをし、思考を巡らせはじめた。

おそらく白瀬は、メガバンクや生保会社などが抱え込んでいる不良担保物件を安く買い叩く肚《はら》なのだろう。超安値で取得した貸ビルやマンションをうまく転売すれば、大きな利鞘《りざや》を稼げる。

不良債権ビジネスが活発化したのは、一九九八年の秋に金融再生法案の一つであるサービサー法が可決されてからだ。サービサーとは、不良債権化した物件の回収委託、管理、賃料など債権の回収などを行なう業者のことである。

このニュービジネスに最初に目をつけたのは、外資系金融機関だ。アメリカを中心とする外資系金融機関は挙《こぞ》って、邦銀、ノンバンク、生保会社、ゼネコンなどが抱えていた不良担保不動産を買いまくった。その買い叩きぶりは非情とも言えるほどだった。

塩漬けになった不良担保不動産は極端な場合、一、二パーセントの価格でしか売れない。まさに叩き売りだ。

不良債権の売却には、どうしてもマイナスイメージがつきまとう。メガバンクや大手生保会社は当初、痩せ我慢していたが、巨額の不良債権を抱えたままでは倒産しかねない。そうした事情があって、邦銀、ノンバンク、生保会社は自社の担保不動産を泣く泣く安値で外資系金融機関に譲渡するようになったのである。

日本の不良担保不動産を買い漁《あさ》ってきた外資系金融機関も、いいことずくめではなかった。意外な伏兵に悩まされることになった。

昔から、不動産取引と闇の勢力との結びつきは深い。不良担保物件には、たいがい暴力団の息のかかった占有屋や整理屋が絡んでいる。要するに、せっかく安値で買ったビルやマンションもすぐには転売できないケースが少なくないわけだ。

そんな日本固有の土壌を知らない外資系金融機関は、結果として立ち往生することになった。

それに代わって、いまこそビジネスチャンスとばかりに怪しげな起業家や企業舎弟《フロント》などが不良債権ビジネスに参入した。彼らは、〝生ける屍《リビング・デッド》〟を露骨に漁《あさ》りはじめている。

複雑な権利関係を解《と》きほぐせるのは、裏社会と繋がりのある悪徳弁護士、交渉人、経済やくざなどに限られる。企業舎弟は、そうしたブレーンを使って、不良担保物件を買い集めては転売で暴利を貪《むさぼ》っているのだ。

転売先は外資系の不動産投資会社が圧倒的に多い。比較的小さなオフィスビルやマンションはネット成金や新興企業に転売されている。

白瀬は狙ったビルやマンションに占有屋を送り込んで、不良担保物件を安く買い叩いているようだ。元判事なら、物件に絡んでいる整理屋や企業舎弟とも渡り合える。

まず白瀬は不良担保不動産に占有屋を送り込み、競売を妨害しているのだろう。占有屋の住みついた競売物件は、なかなか落札されない。

しかし、企業舎弟は旨味《うまみ》さえあれば、そういう問題を抱えた競売物件も平気で買う。そうなった場合は、相手に喰われてしまうかもしれない。それでは、せっかくの苦労も水の泡だ。

白瀬は競売を妨害しながら、売り主である銀行、ノンバンク、生保会社の不正の事実や役員たちのスキャンダルを押さえ、揺さぶりをかけているのではないか。切札があれば、買収交渉はすんなりと運ぶにちがいない。

華奈は、白瀬が汚いやり方で不良担保物件を買い漁っている事実を知ったのだろう。さらに、白瀬が誰か先生と深く結びついていることまで嗅《か》ぎ当てたにちがいない。

多門は二杯目のトム・コリンズを一息に飲み干した。

タンブラーをコースターに戻したとき、白瀬と森下が立ち上がる気配がした。多門は小さく振り返った。白瀬と森下は岡部たち二人を残して、バーから出ていった。

「腰を据《す》えて飲むか」

元やくざの早坂が横のソファに移り、スコッチ・ウイスキーのボトルを摑み上げた。岡部が背凭れに深く寄りかかった。

二人は猥談《わいだん》を交わしながら、豪快に飲みはじめた。

多門も三杯目のカクテルを頼んだ。岡部たちが帰る気配を見せたのは午前零時近い時刻だった。二人はタクシーで帰宅するつもりらしい。

多門は先にバーを出て、地下駐車場に駆け降りた。ボルボをホテルの正面玄関に回す。

客待ちのタクシーが七、八台連《つら》なっていた。

待つほどもなく岡部と早坂が姿を見せた。二人は同じタクシーに乗り込んだ。

多門はタクシーを尾《つ》けはじめた。

タクシーは六、七分走り、虎ノ門のテナントビルの前で停まった。岡部が降り、テナントビルの中に消えた。ビルは十一階建てだったが、だいぶ空き室が目立つ。

タクシーが走りはじめた。多門は尾行を再開した。タクシーは国道一号線をたどって、JR品川《しながわ》駅の少し手前を右折した。

元やくざの早坂は、九階建てのマンションの前でタクシーを降りた。

早坂を少し痛めつけてみるか。多門は車を左に寄せようとした。ちょうどそのとき、それを妨げるようにドルフィンカラーのBMWがボルボの脇をゆっくりと通り過ぎていった。ステアリングを握っていたのは見城だった。早坂がマンションのエントランスロビーに入っていった。

見城は、この自分をからかっているのか。そうだとしたら、赦《ゆる》せない。

多門はアクセルペダルを踏み込んだ。

すでにBMWの尾灯は闇に呑まれかけていた。多門は見城の車を追った。だが、間もなく見失ってしまった。

多門は小ばかにされた気がして、激しく憤《いきどお》った。頭の芯が熱い。

「おい、見城。おめえ、このおれさ、なめてんのけ。そっちがそのつもりだば、おれも手加減さ、しねど。おめのマスクさ、踏み潰してやっど。覚悟すべし！」

多門は声に出して言い、ボルボを代官山の自宅マンションに向けた。

2

卓上でスマートフォンが鳴った。

多門は、出前のカツ丼を掻《か》き込んでいる最中だった。すでに天丼は平らげていた。

二人の占有屋を尾行した翌日の午後一時過ぎだ。

多門は口の中の飯を丸ごと喉に流し込み、スマートフォンを耳に当てた。

「木戸です。ついさっき、ぼくに正体不明の男から脅迫電話がかかってきました」

「どんな脅迫電話だったんだ？」

「朝倉、いえ、華奈さんは誰かをデジタルカメラで隠し撮りしたみたいですね。その画像のデータの隠し場所を教えないと若死にすることになるぞ、と脅されました」

「そうか。華奈が遊びでデジタルカメラをいじってたことは知ってるが、そういえば、あれはどうしたんだろうか。華奈の部屋をチェックしたとき、デジカメはどこにもなかったんだ」

「彼女、そのデジタルカメラをSDカードごとどこかにこっそり隠したようですね。隠し撮りされたのは、例の恩のある先生なんじゃありませんか？」

「そいつは間違いなさそうだな。そして、先生は隠し撮りされたとき、まずい人物と会ってた。多分、そうなんだろう」

「まずい人物というと？」

「白瀬と思われるんだが、まだ確かな証拠を押さえたわけじゃないんだ」

「やはり、白瀬ですか。それはそうと、問題のデジタルカメラはどこにあるんでしょうか？」

「藤沢の実家にあるのかもしれないな」

「そうなんですかね。それじゃ、ぼく、彼女の実家に電話をしてみますよ。実家にデジカメがあったら、すぐ多門さんに連絡します。ぼくからの電話がなかったら……」

「実家にデジタルカメラはなかったと判断すればいいんだな」

「ええ。それでは、失礼します」

木戸の声が途絶えた。

多門はカツ丼を胃袋に収めると、三田村理恵に電話をかけた。木戸が受けた脅迫電話のことを話す。

「朝倉先輩が一時期、デジカメを持ち歩いてたことはわたしも知っています」

「そう。恵比寿のマンションには見当たらなかったんだ。どこか隠し場所の見当はつくかい？」

「考えられるのは、やっぱり藤沢の実家でしょう。自分が使ってた部屋のどこかにデジカメを隠してあるんじゃないかしら？」

「おれもそう思ったんだが、よく考えてみると、自宅とか実家は敵に見当をつけられやすい場所だよな」

「言われてみれば、確かに」

「華奈は意外な場所にデジタルカメラを隠したんじゃないのかな？」

「そうなんでしょうか。朝倉先輩、ＵＳＢメモリーと一緒にデジカメのＳＤカードを隠しといてくれればよかったのに。そうしてくれてたら、いまごろは犯人がわかってたかもしれないでしょ？」

理恵が言った。

「華奈は、わざと証拠を分散させたんだと思うよ。ＵＳＢメモリーと隠し撮りした画像・動画のデータを別々の場所に隠しておけば、どちらかを奪われても告発の材料はキープできるわけだから」

「ええ、そうですね。多門さんって、頭いいわ」

「年上の人間をからかうなって」

「からかってなんかいませんよ。本当にそう思ったんです。とにかく、わたし、デジカメのありそうなところをちょっと推測してみます」

「よろしく！」

多門は電話を切った。

ほとんど同時に、着信ランプが灯《とも》った。木戸からの電話かもしれない。

「クマ、おれだよ」

発信者は杉浦だった。

「祐乗坊の件で、何か情報をキャッチしてくれたようだね？」

「少しな。祐乗坊はシロだろう。おれ、現職刑事になりすまして、当の本人をちょいと揺さぶってみたんだよ。警察に家元がダーティー・ビジネスをしてるって密告電話があったと嘘ついてな」

「そうしたら？」

「祐乗坊は、妙な疑いをかけられて心外だと怒りを露《あらわ》にしたよ。そして、四通の生命保険証書を金庫から取り出してきたんだ」

「生命保険証書だって？」

「そう。祐乗坊は掛け捨てで、総額五億円の保険に加入してたんだよ。そのうちの一社は、まだ加入してから九カ月しか経ってない。あと丸三カ月経ったら、家元は命を絶つ気だったらしいんだ。自殺の場合は契約後一年が経過してないと、保険金は払われないケースが多い」

「祐乗坊は生命保険金で債務をきれいにする気だったのか」

「そうだったんだろう。祐乗坊は十三人の弟子から百万ずつ借りてるんだが、その返済先のリストに美人弁護士の名と連絡先がちゃんと載《の》ってたよ」

「そうなのか」

「茶道なんかやってると、どうしても物の考え方が保守的になっちまうんだろうな。祐乗坊は自分の代で家屋敷を売ることは絶対に避けたかったんだと涙声で語ってたよ」

「命よりも体面のほうが大事だってわけか。昔の武士みたいだね」

「そうだな。おれは、命あっての物種《ものだね》だと言っといた。そしたら、家元は泣き崩れちまった。まいったよ」

「杉さんのうろたえぶりが目に浮かぶよ。そういうことなら、先生は二人に絞られた。柏木教授はシロと考えてもよさそうだから、時任所長が怪しいってことになるな」

「けど、まだ白瀬と時任の接点がわからねえんだろう？」

「そうなんだ。白瀬をぴったりマークしてりゃ、そのうち何か新事実を摑めそうな気がしてるんだが……」

多門はそう言って、木戸が受けた脅迫電話のことを話した。

「女弁護士が隠し撮りした画像か動画が早く見つかるといいが、まだ時間がかかるかもしれねえな」

「そうだね。おれは、これから白瀬を張り込もうと思ってる」

「クマ、おれと交代で張り込もうや。ひとりでずっと張り込んでたら、どうしたって目立っちまう」

「その通りなんだが、杉さんには自分の仕事があるんじゃないの？」

「なんとか調整して、時間をこさえるよ。クマ、先に張り込みを頼まあ。おっつけ、鳥居坂ビルに駆けつける」

杉浦が言って、電話を切った。

多門は、ほどなく部屋を出た。ボルボに乗り込み、六本木に向かう。

目的地に着いたのは二時二十分ごろだった。

多門は車を鳥居坂ビルから少し離れた場所に停め、ワッチ帽と黒縁眼鏡をグローブボックスから取り出した。それから彼は間違い電話を装って、白瀬のオフィスに電話をかけた。

当の本人が受話器を取った。

白瀬は番号のかけ間違いとわかると、無言で乱暴に電話を切った。それだけで、元判事の人柄がわかった。

杉浦がレンタカーで駆けつけたのは三時過ぎだった。車は灰色のプリウスだ。

多門はボルボXC40を四、五十メートル前進させた。レンタカーが鳥居坂ビルの斜め前に停まった。

多門は杉浦のスマートフォンを鳴らした。ワンコールで、通話可能状態になった。

「悪いな、杉さん。後でレンタカーの料金を払うよ」

「いいってことよ。それより、白瀬の事務所に盗聴器を仕掛けろや」

「それはおれも考えたんだが、けっこう客が多いから、昼間は無理そうだね」

「だったら、夜にでも事務所に忍び込んで、室内用盗聴器を仕掛けるんだな」

「そうするか」

「クマ、三十分ごとにポジションを替えようや」

杉浦が通話を切り上げた。

多門はスマートフォンを懐に戻し、シートに深く凭れた。木戸からの連絡はない。どうやら華奈の実家には、デジタルカメラはなかったらしい。理恵も思い当たる所はないのだろう。

多門は煙草を吹かしながら、バックミラーとドアミラーを交互に見た。

見城豪のBMWはどこにも見当たらない。彼は、白瀬の弱みをどこまで握っているのか。

ふと多門は、そのことが気になった。

おそらく見城は白瀬が岡部と早坂の二人をそれぞれ不良担保物件に住まわせ、競売の妨害をしていることは知っているだろう。それだけではなく、元判事が銀行、ノンバンク、生保会社の弱点を押さえたことまで把握《はあく》しているかもしれない。

それでも見城は、いまも白瀬の動きを探っているようだ。ということは、白瀬に共犯者か黒幕がいると睨んでいるのだろう。

見城は悪事のからくりを見抜いてから、強請《ゆす》るつもりでいるのではないか。彼が陰謀を暴《あば》く前に華奈を殺した犯人を捜し出したい。

多門は何やら追い込まれた気持ちになった。

しかし、焦《あせ》りは禁物だ。焦ると、どうしても冷静な判断ができなくなってしまう。そんなことをしているうちに、見城に先を越されてしまうかもしれない。

噂によると、見城は救いようのない極悪人たちを密かに葬っているという。白瀬が見城に始末されたりしたら、華奈殺しの犯人は永久にわからなくなるだろう。

ジゴロのような探偵が白瀬を締め上げる前に何とかしたい。多門は切実に思った。

やがて、三十分が過ぎ去った。多門はボルボを発進させ、鳥居坂ビルを迂回《うかい》し、プリウスの後ろに停めた。杉浦が心得顔でレンタカーのプリウスを走らせ、四、五十メートル前に進んだ。

そうしてポジションを替えながら、多門たちは張り込みつづけた。

陽射《ひざ》しが次第に傾き、夕闇が漂いはじめた。鳥居坂ビルの前にジャガーXEが横づけされたのは、午後六時半ごろだった。

鷲のような目をした森下が運転席から降り、ビルの玄関前に立った。多門は斜め前にいる森下を見ながら、前方のプリウスの中にいる杉浦に電話をかけた。

「白瀬が出かけるようだぜ。運転手の森下って元やくざがジャガーで迎えに来た。ビルの前に立ってるのが森下だよ」

「遠くてよく見えねえが、ぼんやりとシルエットはわかるよ。クマ、おれがジャガーのすぐ後ろにこの車をつけらあ。そっちは後から従《つ》いてきてくれ」

「わかった」

「それじゃ、うまくやろうや」

杉浦が先に電話を切った。

多門はスマートフォンを上着の内ポケットに突っ込んだ。そのすぐ後、白瀬が姿を見せた。薄茶のスーツ姿だった。茶系のビジネスバッグを提《さ》げている。

森下が目礼し、ジャガーの後部座席のドアを開けた。白瀬が車内に入った。森下が運転席に戻り、ジャガーを滑らかに走らせはじめた。

多門は正面を向いた。

少し経つと、杉浦の車がジャガーを尾《つ》けはじめた。多門は口の中でゆっくりと十まで数えてから、プリウスを追った。

ジャガーは二十数分走り、築地《つきじ》四丁目にある料亭の車寄せに吸い込まれた。黒塀《くろべい》を巡らせた料亭は戦前からの老舗《しにせ》で、かなり名が知られている。

プリウスは、料亭の出入口の向こう側に停められた。

多門は手前側の黒塀にボルボを寄せた。そのとき、杉浦から電話がかかってきた。

「クマ、白瀬は銀行かノンバンクの役員と会うことになってるんじゃねえのか?」

「先方の企業秘密か不正の事実をちらつかせて、不良担保物件の買収交渉を進める気なんだろうか」

「そうじゃないとしたら、白瀬に脅しをかけられた銀行かノンバンクが一席設けて、懐柔《かいじゅう》作戦に出たんだろう」

「杉さん、もう一つ考えられるぜ。白瀬はすでに手に入れてる不良担保物件をどこかに転売する目的で、相手側の役員を接待する気なのかもしれないよ」

「それも考えられるな。おれは現職刑事を装って、ちょっと料亭の中に入ってみらあ。誰が一席設けたのか、探りを入れてくる」

「杉さん、ついでに運転手の森下がジャガーの中にいるかどうかを確かめてよ」

多門は通話を切り上げ、ロングピースに火を点けた。

杉浦がレンタカーを降り、飄々《ひょうひょう》とした足取りで料亭の敷地内に入っていった。多門は煙草に火を点けた。一服し終えたとき、杉浦が料亭から出てきた。

多門は杉浦がプリウスに乗り込んだのを見届け、自分のほうから電話をかけた。

「お疲れさん！　どうだった？」

「白瀬は招待客だったよ。女将《おかみ》から話を聞いたんだが、席を設けたのは東都《とうと》銀行本店だったぜ。先に銀行の偉いさんが三人ばかり座敷で待機してたらしい」

「森下は？」

「ジャガーの中は空っぽだったよ。元ヤー公は鞄持ちとして、白瀬に同行したんだろう」

「元やくざの森下が同席して、先方に威圧感を与えるという筋書きらしいな」

「ああ、多分な。ということは、白瀬は商談を持ちかける気でいるにちげえねえ。おおかた野郎は岡部たち以外にも占有屋を何人か雇って、狙った物件にそいつらを住まわせてるんだろう」

「そうだろうね」

「また現職に化けて、東都銀行の偉いさんを揺さぶってみてもいいぜ」

「しかし、それをやったら、白瀬は警戒するだろう。そうなったら、共犯者か首謀者《しゅぼうしゃ》は闇の奥に逃げ込むな」

「ああ、おそらく。このまま、白瀬を尾行しつづけてみるか？」

「そうしよう」

「オーケー、了解！」

杉浦が先に電話を切った。

多門は上体をシートに預けた。そのとき、腹が鳴った。グローブボックスの中を手探りしてみたが、張り込み用のラスクもビーフジャーキーも残っていなかった。

この近くにコンビニエンスストアはなさそうだ。杉浦も腹を空かせているだろうが、もう少し我慢してもらおう。多門は空腹感を煙草でなだめながら、時間を遣《や》り過ごした。

渋谷の『紫乃』のママから電話がかかってきたのは午後八時四十分ごろだった。

「クマちゃん、すっかりお見限りじゃないのよ。わたし、なんか気に障《さわ》るようなことを言っちゃった？」

「いや、そんなことじゃないんだ。ちょっと仕事が忙しくってさ、なかなか顔を出せないいんだよ」

「それならいいんだけど、たまには寄って」

「相変わらず、客の入りが悪いみてえだな」

「余計なお世話よ。別にクマちゃんに老後の面倒を見てくれなんて言わないから、つまらないことは言わないの！」

「わかった、わかった」

「前にも言ったことがあると思うけど、わたしはお金儲《もう》けがしたくて、この店をやってるわけじゃないの。楽しく飲める相手が欲しいのよ。お金なんて、どうでもいいの」

「だけど、店の家賃も溜めたりしてるようだから、つい……」

「家賃が何さ。いよいよ払えなくなったら、店を畳めばいいんでしょ。保証金があるうちは、大家にガタガタ言わせないわ」

「元気だね、ママは。もう還暦《かんれき》を過ぎたんだったよな？」

多門は確かめた。

「そうよ。なんか文句ある？　誰だって年取るの。だいたいクマちゃん、還暦の意味わかってないでしょうが？」

「六十歳のことだろ？」

「そうだけど、もっと深い意味というか、語源のことよ」

「そこまではわからないな」

「やっぱりね。生まれた年の干支《えと》が六十年後に戻ってくるから、還暦というのよ。その年齢まで達者で生きてこられて、めでたいということでお祝いをするの。漢語では、華甲《かこう》って言われてるんだって」

「留美ママは博学だね」

「ただの耳学問よ。そんなことよりね、珍しいお客さんが来てくれたの。クマちゃん、当ててみて」

ママが言った。

「さあ、誰だろう？」

「早くも降参？　だらしがないわねえ。彦根さんが見えてるの。ほら、陸運局の彦さんよ。きのう、クマちゃん、彦さんに電話したんだって？」

「うん、まあ」

「なんでナンバー照会なんてしてもらったの？　宝石のセールス以外のことをやりはじめてるの？」

「いや、知り合いが車の盗難に遭《あ》ったんだよ。それで、ちょっと彦さんに協力してもらったんだ」

とっさに多門は、そう言い繕《つくろ》った。

「そうだったの。彦さんね、クマちゃんの声を聴いたら、わたしの店が懐かしくなったたって、わざわざ来てくれたのよ。まだアルコールは解禁じゃないとかで、烏龍茶《ウーロンちゃ》を飲んでるんだけどね」

「そう」

「クマちゃん、こっちにおいでよ」

ママが言った。

「行きたいのは山々なんだが、これからちょっと遠方まで出かけなきゃならないんだ」

「そうなの。それは残念ね。電話、彦さんと換わろうか？」

「いや、いいよ。彦さんと喋ったら、でっかい商談をキャンセルしたくなっちゃうかもしれないからな」

「そうしちゃえば？」

「ママ、無責任なことを言わねえでくれよ。その商談をキャンセルしたら、おれ、今月も赤字だぜ」

「そういうことなら、無理させられないわね」

「ママ、彦さんによろしく言っといてくれないか」

多門は言って、スマートフォンを懐に戻した。

料亭からジャガーが走り出てきたのは十時過ぎだった。

多門はスマートフォンで杉浦に今度は自分が前を走ると告げ、白瀬を乗せた高級外車を追尾しはじめた。いくらも走らないうちに、脇道から急にＢＭＷが飛び出してきた。運転席には、見城が坐っていた。

ジャガーは、みるみる遠ざかっていく。ボルボのすぐ後ろには、杉浦の車が迫《せま》っていた。

多門は警笛をけたたましく鳴らした。それでも、ＢＭＷは停止したままだ。

見城は、わざと尾行の邪魔をしたにちがいない。ぶっ殺してやる！　多門は逆上し、ボルボから飛び出した。ＢＭＷに駆け寄る。

立ち止まったとき、見城がＢＭＷを急に発進させた。タイヤが鳴いた。

「二度もおれをコケにしやがって」

多門は全速力で見城の車を追いかけはじめた。

すると、見城が一気に加速した。ＢＭＷは、あっという間に視界から消えた。

多門は追うのを諦《あきら》め、靴の踵《かかと》で路面を蹴った。実に忌々《いまいま》しかった。

3

雑音《ノイズ》が小さくなった。

多門はチューナーをゆっくりと回した。

周波数は四百メガヘルツ前後に合わせてあった。UHFだ。

多門は、鳥居坂ビルの裏通りに停《と》めたボルボの中にいた。午後三時過ぎである。

前夜、多門は築地の料亭街で杉浦と別れた後、白瀬のオフィスに戻った。無人だった。

多門は特殊万能鍵を使って、事務所に忍び込んだ。そして、スチールキャビネットと壁の間に室内ボックス型の盗聴器を仕掛けた。

マッチ箱よりも少し縦長で、コンデンサーマイクが組み込まれている。電源は水銀電池だ。盗聴器の上部からは、二十センチほどのアンテナが突き出している。

多門は盗聴器を仕掛け終えると、白瀬が使っている桜材の机の中を入念に検《しら》べた。しかし、不動産売買契約書は一通も見つからなかった。キャビネットの中にもなかった。

耐火金庫の中はチェックできなかった。ダイヤル錠の解き方がわからなかったからだ。大事な書類は金庫の中に収めてあるのだろう。

多門は怪力の持ち主だ。大きな耐火金庫を横に倒し、扉を抉《こじ》あけようとした。しかし、それはさすがに無理だった。

重い耐火金庫を引き起こし、事務所の隅々まで検《あらた》める。

だが、企業恐喝の材料はどこにもなかった。また、華奈の事件と結びつきそうな物も見つからなかった。多門は諦め、自分の塒《ねぐら》に引き揚げたのだ。

短い放電音が混じり、雑音が消えた。

受信機から事務所の音声が響いてきた。白瀬は、客の手形パクリ屋に法の抜け道を具体的に教えていた。客は五十万円の相談料を払うと、ほどなく辞去した。白瀬が客を送り出し、机に向かった気配が伝わってきた。

それから間もなく、事務所の固定電話が鳴った。ツーコールで受話器は外れた。

——やあ、スミス支社長！

——……………。

当然のことながら、発信者の声は聴こえない。

——ええ、きのう、築地の料亭で東都銀行本店の役員と会いましたよ。

——………。

――ほぼ間違いなく虎ノ門の例のテナントビルは手放すでしょう。どんな手品を使ったかですって？　スミスさん、そこまでは勘弁してください。

――…………。

――それは誤解ですって。ええ、駆け引きなんかではありません。ちょっと際《きわ》どい切札をちらつかせたとだけ申し上げておきましょう。

――…………。

――ただ、先方は九億円以下では話に応じないかもしれません。なにしろ、あの物件は一等地にありますのでね。建物も、まだ二十年は現状のままで使えるでしょう。

――…………。

――いいえ、上乗せ分をアップしてくれということではないんです。当初お伝えした取得価格では商談は成立しないだろうと思ったもので、予《あらかじ》めスミスさんにはお話しすべきだと判断したわけです。

白瀬が言った。多門は、白瀬の電話相手の応答が耳に届かないことがもどかしかった。

――ええ、転売時に取得価格に二十パーセントの色をつけていただければ、あの物件は優先的に『キング・シーリング』さんにお譲りしますよ。

——…………。

——そうですね。品川のマンションのほうは、もう少し時間がかかりそうだな。しかし、必ず手に入れます。

——…………。

——もちろん、競売はさせませんよ。ただ、支社長もご存じのように、あの物件の第一抵当権者である『豊産《ほうさん》リース』のバックには、関西の暴力団がついてますんでね。

——…………。

——いや、それはないでしょう。関東勢力との紳士協定で、西の組織は東京でこの種の商取引はできないことになっていますからね。

——…………。

——そうなったら、関東の大親分の力を借りることになるでしょう。しかし、それほど高額な物件ではありません。それに『豊産リース』だって、たとえ一割であっても焦げついた債権は回収したいはずですよ。

——…………。

——いいえ、感謝しなければならないのは、こちらです。転売先の決まってない買い付けにはリスクが伴いますからね。取得不動産をすべて『キング・シーリング』さんに買い取っていただけるのですから、ありがたいことですよ。

――…………。

――いや、そんなには儲けさせてもらっていないでしょ？　へえ、売却益が二十五億を超えてますか。そうですね、転売した物件は九件です。

――…………。

――丸儲けだなんて、とんでもない。案外、経費がかかるんですよ。占有屋たちへの謝礼もありますし、スキャンダル・ハンターにもそれなりの成功報酬を払ってますのでね。

――…………。

――いいえ、それだけではありません。わたしは自己資金だけで、不良担保物件を買い漁ってるわけじゃないんです。某ノンバンクから高利で金を回してもらってるんですよ。その金利分を差し引くと、純利益は半分ですね。

――…………。

――もちろん、おいしいビジネスをさせてもらっていることは確かです。一度、スミスさんをもてなさないといけないな。青山に超高級コールガール組織があるんですよ。登録されている女性は、活躍中のテレビ女優やモデルばかりです。

――……。

――悪い冗談をおっしゃる。あなたは、わたしと千帆《ちほ》の関係をご存じなはずです。ええ、愛人《ミストレス》ですね。

――……。

――人妻や他人の愛人と寝たいとは、悪い趣味だな。えっ、奥さまのメアリーさんと千帆をスワップしてみないかですって!? スミスさん、本気でそんなことをおっしゃっているんですか?

――……。

――びっくりさせないでくださいよ。冗談と知って、安心しました。

白瀬が言った。安堵した口調だった。

多門は、次第に苛《いら》ついてきた。スミス支社長の声が聴きたかった。

――……。

――そうです。いつも代金を振り込んでもらっている香港《ホンコン》の『光陽《こうよう》トレーディング』は節税用のペーパーカンパニーです。はい、オーストリアの銀行の秘密口座《ナンバード・アカウント》に少しずつプール金を移してます。それが何か？

――『キング・シーリング』本社の監査が入る前に香港に事務所を構えろってことですね？

――…………。

――スミス支社長の立場が悪くなるのは、こちらも困ります。わかりました。できるだけ早く香港にオフィスを設け、現地採用の社員を何人か雇いましょう。ええ、現地の古いオフィスビルを実際に買いますよ。そうすれば、あなたも個人の不動産ブローカーと取引していることをごまかせるでしょう。

――…………。

――ほう、天王洲《てんのうず》に目をつけてらっしゃるインテリジェントビルがあるんですか。二十階建てで、築年数は七年ね。その物件について、詳しくうかがいたいな。

――…………。

――わかりました。それでは、五時にあなたのオフィスを訪ねます。では、後ほどお目にかかりましょう。

白瀬が電話を切った。すぐに椅子から立ち上がり、トイレに向かった様子だ。

多門は耳を傾けつづけた。小用を足した白瀬が共犯者か黒幕に電話をかけることを期待したのだが、それは外れてしまった。

白瀬は応接ソファに腰かけ、何か書類に目を通しはじめたようだ。ソファの軋《きし》む音がたまに響くだけで、ほとんど物音はしない。

やはり、白瀬には愛人がいた。尾行しつづけていれば、そのうち彼女の家もわかるだろう。

多門は煙草をくわえた。

白瀬が電話で森下にジャガーを鳥居坂ビルの前に回せと命じたのは、四時半ごろだった。

多門は受信機を助手席下の床《フロア》に置き、車を走らせはじめた。ボルボを鳥居坂ビルに面した通りに移す。

鳥居坂ビルの五、六十メートル手前に車を停め、そのまま張り込みに入った。一分ほど経つと、ジャガーが鳥居坂ビルの前に停止した。森下は、この近くでいつも待機しているらしい。

多門はビルの玄関を注視した。

数分後、白瀬が姿を見せた。きょうはグリーングレイの背広を着ている。ネクタイは山吹《やまぶき》色を基調にした柄物だった。

身に着けている服は、いかにも仕立てがよさそうだ。しかし、あまり似合っているとは言えない。角張った顔と体型がスマートさを殺《そ》いでいるのだろう。

白瀬を乗せたジャガーが滑るように走りはじめた。多門は尾行を開始した。

ジャガーは十六、七分走り、芝大門《しばだいもん》にある円筒形のオフィスビルの前に横づけされた。白瀬が降り、ビルの中に吸い込まれた。ジャガーは走り去った。

多門は広い車道の端にボルボを駐《と》め、オフィスビルまで歩いた。十一階建てで、嵌《は》め殺しのガラス窓が多い。

多門はビルの中に入り、テナントプレートを見上げた。

『キング・シーリング』の日本支社は六階にあった。多門はエレベーターで六階に上がった。ホールのすぐ前に受付がある。受付嬢は日本人だった。『キング・シーリング』の日本支社はワンフロアをそっくり使っているようだ。

多門は受付カウンターに歩み寄った。

「こちらは外資系の不動産投資会社なんでしょ？」

「ええ、そうです。本社はニューヨーク市のマンハッタンにございます」

「ここは日本支社なんだね」

「はい。失礼ですが、どちらさまでしょう？」

「不動産ブローカーなんだ。仲間から、なんとかスミスという支社長が都心のオフィスビルの掘り出し物件を探しているという話を聞いたもんだから、ちょっと来てみたんだよ。えーと、支社長の……」

「ロッド・スミスです」

受付嬢が言った。

「ああ、そういう名だったな。スミス支社長は、日本語で商談できるんだって？」

「はい」

「だったら、お目にかかりたいな。絶対に損はさせない物件の売却を任されてるんだ」

「申し訳ございません。予《あらかじ》めアポを取っていただかないと困るのです」

「いきなり訪ねてきたって、取り次いでもらえないのか」

「誠に、申し訳ございません。お客さまの面会希望の日時を教えていただけますか？」

「こっちも仕事で割に忙しいんだ。改めて電話で予約を入れることにしよう。邪魔したね」

多門は笑顔で言い、受付カウンターを離れた。

エレベーターで一階に下り、ボルボの中に戻る。

一時間ほど張り込んでいると、テナントビルから白瀬が出てきた。四十代後半の白人男性と連れだっていた。髪は栗色で、瞳は緑色がかっている。長身で、中肉だ。支社長のロッド・スミスかもしれない。

多門は二人の動きを目で追った。

白瀬たちは少し離れた鮨屋《すしや》に入った。多門はボルボを降り、鮨屋まで早足で歩いた。ガラス戸には、屋号が刷《す》り込まれている。文字の部分は素通しガラスになっていた。

多門は、そこから店内を覗き込んだ。

白瀬と白人の中年男は奥のカウンターに並んで腰かけていた。客の入りは六分《ろくぶ》ぐらいだろうか。三つあるテーブル席は埋まっていた。

自分も腹ごしらえしておくことにした。

多門は店に入り、カウンターの手前側に坐った。

さりげなく白瀬たちを見ると、生ビールのジョッキを傾けていた。鮨を握ってもらう様子はない。お任せで刺身の盛り合わせを注文したのだろう。

多門は壜《びん》ビールを頼み、握りを頬張りはじめた。

インド鮪《まぐろ》はまずかったが、鮃《ひらめ》と黒鯛《くろだい》はうまかった。牡丹海老《ぼたんえび》はねっとりとして、甘みがあった。鮑《あわび》は新鮮だったが、赤貝は色がよくなかった。

「奥にいる白人の男性、ロッド・スミスさんだよな?」

多門は若い職人に小声で確かめた。

「ええ、そうです。スミスさんはお鮨が大好きで、ほぼ一日おきに来てくださってるんですよ」

「そう」

「お知り合いなんですか？」

「そういうわけじゃないんだ。連れの日本人もよく来てるの？」

「月に一、二回、スミスさんとご一緒にお見えになっていますね。スミスさんの取引先の方とうかがっています。失礼ですが、お客さまも不動産関係の方ですか？」

「うん、まあね。物件が売れなくて頭を抱えてるんだ。きょうの勘定は、五年のローンにしてもらうかな」

「ジョークがお好きなようで……」

若い鮨職人は微苦笑して、縞鯵《しまあじ》を三枚に下ろしはじめた。

多門は勘定を払い、店を出た。自分の車に乗り込んで、そのまま張り込みをはじめる。

白瀬とロッド・スミスが表に現われたのは、午後九時過ぎだった。二人は上機嫌な様子で握手を交わした。

スミスはテナントビルのある方向に歩きだした。白瀬はネクタイの結び目を緩《ゆる》めると、車道に降りた。タクシーを拾うつもりなのだろう。

多門はシートベルトを掛けた。ふだんは、めったにベルトを着用しない。しかし、尾行中に交通巡査に停止を命じられることを懸念《けねん》したのである。

白瀬が空車に乗り込んだ。帰宅するなら、森下を迎えに来させるのではないか。白瀬は愛人宅に向かうのかもしれない。

多門はタクシーを追尾《ついび》しはじめた。

タクシーは三十分ほど走り、北区赤羽《きたあかばね》の住宅街に入った。停まったのは一戸建て住宅の前だった。白瀬がタクシーを降り、その住宅の中に入っていった。門柱のインターフォンは鳴らさなかった。馴《な》れた様子で家屋の中に消えた。

愛人の家にちがいない。

多門は確信を深め、ボルボを暗がりに停めた。すぐにヘッドライトを消し、エンジンも切る。

数十分が流れたころ、多門はポケットに〝コンクリートマイク〟を忍ばせて、車を静かに降りた。白瀬が入っていった平屋《ひらや》の表札には、梶浦《かじうら》という姓だけが記されている。

多門はあたりに人影がないのを確認してから、低い門扉《もんぴ》を抜けた。

内庭には目隠しの庭木が植えられ、季節の花々も咲いていた。敷地は五十坪前後だろうか。家屋も、それほど大きくはない。間取りは３ＬＤＫか４ＤＫだろう。

多門は中腰で、建物の裏手に回った。

風呂場の電灯が点《つ》き、男女の話し声がかすかに響いてくる。

多門は浴室の窓の下に屈《かが》み込み、円筒形のマイクをモルタル塗りの外壁に押し当てた。イヤフォンを通して、湯の弾《はじ》ける音が伝わってきた。

――千帆のヌードは何度見ても、不思議と見飽きない。

――パパ、そんなにまじまじと見ないで。体型が少し崩れはじめてるんだから。

――いや、崩れてないよ。とってもセクシーだ。

――もう二十七だから、肌の張りもなくなってきたでしょ?

――まだまだ瑞々《みずみず》しいよ。おっぱいはちゃんと張ってるし、ウエストのくびれも深い。ヘアだって黒々として、まるでオイルをまぶしたように光沢がある。

白瀬が言いながら、湯を掻き回したようだ。すでに彼は浴槽に浸《つ》かっているのだろう。

シャワーの音が熄《や》んだ。白瀬が愛人の名を呼ぶ。女が短い返事をして、湯船に入った。湯のあふれる音が聞こえた。

二人が唇を吸い合う音が生々しく伝わってきた。白瀬は愛人の乳房をまさぐっているらしい。湯が波立つ音もする。

愛人が喉の奥でなまめかしく呻いた。白瀬が千帆の秘部に指を這《は》わせたようだ。

——千帆、もっと体を密着させてくれ。

白瀬が喘《あえ》ぐように言った。次の瞬間、愛人が淫らな呻きを洩らした。二人は湯の中で対面座位で交わったのだろう。

——パパったら、いつも強引なんだから。

——いやなら、抜こうか？

——もう意地悪ね。ここまでされちゃったら、わたしもその気になっちゃうわ。

——千帆、動いてくれ。

——こんな感じでいい？

愛人が腰を上下に弾ませはじめたらしい。揺れ立つ湯の音が多門の耳を撲《う》った。白瀬も下から突き上げているようだ。

いま家の中に押し入れば、白瀬は逃げるに逃げられないだろう。ただ、千帆という愛人を怯《おび》えさせることにもなる。どんな女性も困らせてはいけない。車の中で白瀬が出てくるのを待つか。

多門は〝コンクリートマイク〟を上着のポケットに入れ、風呂場から離れた。

4

愛人宅の玄関ドアが開いた。

午前二時数分前だった。多門はそっと車を降り、梶浦千帆の自宅に近づいた。門扉《もんぴ》越しにポーチを見る。

白瀬は、千帆と思われる女の腰に片腕を回していた。女は息を呑むほど美しい。

「パパ、今夜も帰っちゃうの？　わたし、寂しいわ」

「泊まるわけにはいかないんだよ。朝、おれがここから出ていくところを近所のおばさんたちに見られたら、千帆が困るだろ？」

「ううん、わたしは平気よ。周《まわ》りの人たちにどんなふうに思われたって、いっこうに気にしないわ。わたしの人生は、わたしのものでしょ？　だから、思い通りにしたいの」

「しかしな」

「パパ、泊まってよ。朝まで、わたしのそばにいてほしいの。奥さんが怖い？」

「妻が千帆のことで何か文句を言うようだったら、家から叩き出してやる」

「だったら、泊まってくれてもいいでしょ？」

「しかし、明日は大事な商用があるんだ。それに、もう森下に迎えに来てくれって電話をしてしまったからな」

「また森下さんに電話して、断ればいいじゃないの」

「千帆、おれを困らせないでくれ」

「わたし、なんだか悲しいわ」

「悲しい？」

「ええ。だって、そうでしょ？　結局、パパはわたしの体だけしか気に入ってくれてないんだから。いつもセックスし終えたら、それでバイバイじゃないの。要するにわたしは、ただのセックスペットなのよね。違う？」

千帆が拗《す》ねた口調で言った。

「違うとも。千帆の性格も大好きだよ。体だけじゃなく、心も愛してるんだ」

「いまの言葉、信じてもいいの？」

「もちろんさ。折を見て、妻とは必ず離婚する。だから、もう少し待ってくれないか」

白瀬が千帆を抱きしめ、唇を重ねた。

そのとき、闇の奥で何かが光った。ヘッドライトだった。森下がジャガーで白瀬を迎えに来たのだろう。

多門は急いでボルボの中に戻り、上体を横に傾けた。助手席に片肘をつく。

ほどなくジャガーが停まった。

白瀬が愛人に手を振り、後部座席に乗り込んだ。森下が運転席に戻った。ジャガーが動きだした。

千帆がひとしきり手を振り、家の中に戻った。

どこかでジャガーを立ち往生させて、白瀬を締め上げることにした。

多門はボルボを発進させた。

ジャガーは赤羽台団地の脇を走り抜けると、環七《かんなな》通りに出た。高円寺《こうえんじ》方面に向かっている。

白瀬はまっすぐ帰宅する気らしい。環七で立ち往生はさせられないだろう。

多門は一定の車間距離を保ちながら、白瀬の車を追った。

新青梅《しんおうめ》街道を突っ切ったとき、杉浦から電話がかかってきた。

「クマ、フリージャーナリストの木戸洋一が死んだぜ」

「なんだって!?　いつ木戸は死んだの？」

「いまから二時間半ほど前だ。場所は中目黒だよ。木戸は目黒川に転落して、首の骨を折っちまったんだ」

「事故死？　それとも、誰かに川に突き落とされたんだろうか」

「警察は両面捜査するみてえだけど、他殺の疑いが濃いな。所轄署にいる知り合いに電話で探《さぐ》りを入れてみたんだが、木戸と思われる男が黒いスポーツキャップを被った奴に追いかけられてるとこを複数の者が目撃してるというんだ。その野郎は、サイレンサー・ピストルみてえな物を握ってたらしい。クマ、何か思い当たるか？」

「そいつは高輪のホテルに押し入って、有栖川宮記念公園でおれにマカロフPbの銃口を向けてきた奴だろう」

多門は言った。

「その野郎は、白瀬に雇われた殺し屋《プロ》臭いな」

「多分、そうなんだろう」

「木戸は、どうして始末されなきゃならなかったんだい？」

「敵は、木戸が何らかの方法で華奈がデジカメで隠し撮りした画像を手に入れたと思ったんだろう」

「なるほど、そういうことか。だとしたら、木戸洋一を目黒川に突き落としたかもしれない男は危《ヤバ》い画像を回収できなかったんじゃねえのかな」

「杉さん、そうとは言い切れないぜ。敵はデジカメのSDカードを回収しても、なお不安だった。だから、木戸の口を封じたとも考えられる」

「そうか、そうだな」

「杉さん、もう少し捜査情報を集めてくれないか」

「あいよ」

「それから、白瀬の愛人の梶浦千帆のことも調べてほしいんだ。自宅は北区赤羽二丁目××番地だよ。千帆の交友関係と血縁関係者を洗い出してもらいたいんだ」

「わかった。で、クマはいま何をしてるんだ？」

杉浦が訊いた。多門は経過を手短に話し、白瀬の乗ったジャガーを追尾中であることも伝えた。

「クマ、どこかで白瀬を痛めつける気なんだろ？」

「ああ、そのつもりなんだ」

「森下とかいうお抱え運転手兼ボディーガードは、おそらく飛び道具を持ってるだろう」

「丸腰じゃないと思うが、どうってことないさ」

「助《ス》けてやりてえが、もう時間的に無理そうだな」

「杉さん、おれはそう簡単にはくたばらないって。ひとりで大丈夫だよ」

多門は相棒を安心させ、通話を終わらせた。

そのとき、彼は一瞬、三田村理恵に木戸の訃報《ふほう》を教える気になった。だが、深夜も深夜だ。

電話をかけることは、さすがにためらわれた。

どうせ朝になれば、彼女は新聞かテレビのニュースで木戸洋一の死を知ることになるだろう。多門は運転に専念した。

ジャガーは環七通りをひたすら直進し、梅丘《うめがおか》のあたりで右に折れた。豪徳寺《ごうとくじ》と宮坂《みやさか》を通過すれば、もう経堂に入ってしまう。

いくらも走らないうちに、左手に豪徳寺の境内《けいだい》が見えてきた。寺の敷地はかなり広く、樹木も多い。付近は閑静な住宅街で、人通りは絶えていた。

多門はアクセルペダルを深く踏み込んだ。

ジャガーを一気に追い抜き、ハンドルを大きく切った。森下が急ブレーキをかけた。タイヤの軋《きし》む音が夜のしじまを突き破った。

多門はボルボを降り、ジャガーのフロントガラスに飛び乗った。フロントガラスを思い切り蹴った。シールドに亀裂が走った。

バックで逃げられるかもしれない。

多門は飛び降り、ジャガーの運転席のドアを蹴った。ドアの一部がへこんだ。

森下がいきり立ち、ドア・ロックを外した。多門は先にドアを開け、森下の顔面にパンチをぶち込んだ。相手の頬骨が鈍く鳴った。

多門はジャガーのエンジンを手早く切った。

「てめえ、ふざけやがって！」

森下がシートベルトを外した。

多門は数歩退《さ》がって、森下の脇腹に蹴りを入れた。森下が唸りながら、運転席から転げ落ちる。多門は森下のこめかみを蹴った。森下が体を丸めた。

多門は屈《かが》んで、森下の体を探った。拳銃は持っていなかった。

匕首《あいくち》を所持していた。

多門は短刀を奪い、リアシートの白瀬を見た。ビジネスバッグを胸に抱え、全身を竦《すく》ませている。多門は後部座席に乗り込み、匕首の白鞘《しらさや》を払った。刃渡りは二十数センチだった。

「な、なんの真似だっ」

白瀬が言った。声が震えていた。

多門は白瀬の片腕を強く掴み、匕首の切っ先を太腿に当てた。

「弁護士の朝倉華奈を殺《や》らせたのは、てめえだなっ。それから、フリージャーナリストの木戸洋一も始末させたんじゃねえのか？」

「な、なんの話をしてるんだ!?　さっぱり意味がわからない」

「空とぼける気なら、この短刀《ドス》を太腿に突き立てることになるぜ」

「わたしは元裁判官だぞ。東京地裁で判事をやってたんだ」

「わかってるよ。てめえは悪さをして、東京地裁にいられなくなった。で、闇の法律コンサルタントになったわけだ」

「言葉を慎《つつし》みたまえ。わたしは、真面目な法律相談に乗ってるだけだ」

「弁護士なのに、闇ビジネスをやってもいいのかっ」

「うむ」

「そのことは、ま、いいだろう。てめえは元総合格闘家や破門されたやくざを占有屋に仕立てて、銀行やノンバンクの不良担保物件の競売を妨害してるなっ。そして、相手方の弱みをちらつかせて、ビルやマンションを安く買い叩いてる」

「わたしは元判事なんだぞ。法に触れるようなことをするわけないじゃないか」

白瀬が言い返した。

「善人ぶりやがって。てめえが薄汚《うすぎたね》え悪党だってことは、もうわかってるんだ」

「どこで何を聞いてきたのか知らないが、わたしは後ろ暗いことなんかしていないっ」

「世話を焼かせやがる」

多門は両眼に凄みを溜め、匕首の刃先を白瀬の腿に浅く沈めた。白瀬が歯を剝《む》いて、長く唸《うな》った。

「岡部も早坂も知らねえってのかっ」

「誰なんだ、その二人は？」

「案外、しぶといな。それじゃ、もっと深く突き刺してやろう」

「荒っぽいことはやめてくれ。冷静に話し合おうじゃないか」

「おれは冷静だよ。てめえが非合法な手段で買い取ったビルやマンションをアメリカの不動産投資会社『キング・シーリング』の日本支社に転売したことも調べ上げたんだ。てめえは夕方、支社長のロッド・スミスを訪ねて、そのあと一緒に鮨屋に行った」

「ロッド・スミスなんて外国人は会ったこともないよ」

「粘《ねば》るじゃねえか。こっちは、てめえがスミスと別れた後、愛人の梶浦千帆の家に行ったことも知ってるんだっ。てめえは湯船の中で愛人と交わった。そこまで言えば、もうシラは切れねえよな？」

「わたしには愛人なんかいない。梶浦千帆って、どこの誰なんだっ」

「喰えない野郎だ」

多門は刃物を握った手に少しずつ力を入れはじめた。

その矢先、森下が不意に多門の脇腹に頭突きを浴びせてきた。多門は、匕首の切っ先を白瀬の太腿から引き抜いた。

「この野郎、ぶっ殺してやる！」

森下が多門の腰に両腕を回した。その隙《すき》に、白瀬がジャガーを降りた。

「邪魔するんじゃねえ」

多門は怒声を放ち、森下の背中に無造作に短刀を垂直に突き立てた。刃先が四、五センチ埋まった。

森下が短い声をあげ、路面に頽《くずお》れた。死ぬような傷ではない。

多門は刃物を引き抜き、ジャガーから出た。

白瀬はビジネスバッグを胸に抱えたまま、豪徳寺の境内に走り入った。

多門は追った。境内に駆け込み、ハンカチで短刀の柄《つか》を神経質に拭う。刃物を繁みの奥に投げ捨て、暗がりを透《す》かして見た。

動く人影は見当たらない。

多門は片膝を落とし、地面に耳を押し当てた。人の足音は響いてこない。

白瀬は、この近くに身を潜《ひそ》めているのだろう。多門は目を凝《こ》らしながら、あたりを探し回った。奥の杉の大木の陰で何かが揺れた。白瀬だろう。

「白瀬、出てきな。もう観念しろ。てめえには共犯者か、黒幕がいるな。そいつのことを話せば、命までは奪《と》らない」

「…………」

「隠れんぼをする年齢《とし》じゃねえだろうが。いい加減に諦《あきら》めろ！」

多門は走りはじめた。

すると、杉の大木から白瀬が離れた。そのまま背を見せて逃げていく。

多門は追いかけ、白瀬の背に飛び蹴りを見舞った。

白瀬が前にのめって、地べたに倒れた。ビジネスバッグは手から離れていた。

「もう痛い思いはしたくないよな？」

多門は白瀬の腰に片足を乗せ、全体重を掛けた。白瀬が動物じみた声を洩らした。

「おれがてめえの背中の上で跳《は》ねたら、確実に内臓が破裂するぜ」

「…………」

「はったりだと思ってるみてえだな。それなら、試《ため》しに跳《は》ねてやろう」

「やめろ、やめてくれーっ。早く足をどかしてくれ」

「やっと吐く気になったか」

「わたしをどうするつもりなんだ？」

「そいつは、後のお楽しみだ」

「確かに不良債権ビジネスには関わってるよ。しかしね、疚《やま》しいことは本当にやってないんだ」

「まだ、そんなことを言ってやがるのかっ」

多門は腹を立て、白瀬の背に踵落《かかと》としを見舞った。白瀬がいったん背を反《そ》らし、横に転がった。

その直後、後ろで足音が響いた。

多門は振り向く前に、首に冷たい金属を押し当てられた。一瞬、心臓がすぼまった。最初は銃口かと思ったが、どうやら消音装置の先端らしい。

「白瀬さん、早く逃げてください。後は、おれがカタをつけます」

背後の男が言った。その声には聞き覚えがあった。高輪のホテルの一室で華奈を刃物で傷つけようとし、有栖川宮記念公園ではマカロフPbをぶっ放した男だ。

白瀬が這《は》ってビジネスバッグのある場所まで進み、落ちた物を拾い上げた。それから彼はのろのろと立ち上がった。

「久慈《くじ》君、その大男を始末してくれ」

「わかってます」

久慈と呼ばれた男は、うっとうしそうに答えた。白瀬がビジネスバッグを抱え、境内から駆け去った。

「両手を頭の上で重ねろっ」

「てめえが、朝倉華奈と木戸洋一を殺《や》ったようだな」

「そんなことよりも早くひざまずけ！」

「くそったれめっ」

多門は、ひとまず命令に従った。

むろん、恐怖に克《か》てなかったわけではない。相手を油断させて、反撃するつもりでいる。

「おれは、獲物をゆっくりと始末する主義なんだ。殺人は最高の快楽だからな。それだから、できるだけ時間をかけて殺したいね」

「おれの殺しの報酬は、いくらなんでえ？」

「三百万だ」

「たったの三百万だと⁉ ずいぶん安く見られたもんだな」

「おれは金儲けのために殺しを引き受けてるわけじゃない。人間を殺《や》ることが好きなんだよ。誰かの命を奪うとき、おれは神になったような気分になれる。その上、性的な興奮も味わえる。報酬の額なんて、たいした問題じゃないんだ」

「てめえは人を殺すとき、勃起するんじゃねえのか。え？」

「まあね。狙った相手が絶命するときは、たいてい射精するよ」

「つまり、変態性欲に取り憑《つ》かれた異常者なんだ？」

「おれを異常者扱いするなっ。おれは凡人たちと違って、詩人のように感受性が豊かなのさ」

「何が詩人のように、だ！　ふざけんじゃねえ」

「もっと怒れよ。怒って、また方言丸出しで喋ってみろ」

久慈がからかった。多門は神経を逆撫《さかな》でされ、怒りで全身が熱くなった。

「もう我慢なんねど」

「やっと怒ったな。ついでに、岩手弁で念仏を唱《とな》えてみろ」

「おめ、殺されてえのけ？」

多門は立ち上がり、勢いよく振り向いた。

その瞬間、発射音がした。空気の洩れるような音だった。

放たれた銃弾は、多門の左肩を掠《かす》めた。痛みはなかったが、上着の布が焦《こ》げた。

久慈が踏み込んできて、多門の腹部を蹴った。

躱《かわ》す余裕はなかった。多門は仰向けに引っくり返った。

「急所を外しながら、徐々に死の世界に送り込んでやる」

久慈がサイレンサー・ピストルを両手保持で構え、引き金の遊びを絞り込んだ。

そのとき、灌木《かんぼく》の向こうからグレープフルーツ大《だい》の石が投げ放たれた。その石は、久慈の側頭部に当たった。

久慈がよろけ、灌木の向こうに銃弾を撃ち込んだ。二発だった。

「武器を捨てろ。警察だ」

見城豪の声だった。久慈が焦《あせ》って逃げていく。

多門は立ち上がった。暗がりから、見城が姿を見せた。

「肩を撃たれたようだが、大丈夫か？」

「被弾したわけじゃねえから、どうってことないよ。それより、おれを尾《つ》けてやがったのかっ」

「別にあんたを尾けてたわけじゃない。いま逃げていった奴をマークしてたら、たまたまあんたとバッティングしただけさ」

「なんだって、おれの加勢をしたんだ？」

「余計なお節介《せっかい》だったたってわけか。ご挨拶だな」

「おれは、他人に借りをつくるのが嫌いなんだよ。悪いが、ありがた迷惑だったたな」

「素直じゃないな」

「何か下心があったんだろうが！」

「ちょいと考えが変わったんだ。共同戦線を張らないか？」

「こないだは、おれの申し出を素《そ》っ気《け》なく断ったくせに。そっちは、いったい何を企《たくら》んでるんだ？」

「合理的なビジネスをする気になったのさ。おれは白瀬の悪事を幾つか知ってる。その情報を提供する代わりに、あんたが掴んだ事実を教えてくれ。おれたちが協力し合えば、まとまった銭を寄せられると思うんだが、どうだい？」

「おれは強請屋《ゆすりや》じゃねえ。それに、今度の事件《ヤマ》は自分の手で決着をつけてえんだ」

「そういうことなら、提案は引っ込めよう。こないだの勝負のつづきだが、どうする？」

「いまは、時間がないんだ。次の機会に決着をつけようや」

「いいだろう」

「礼は言わねえぞ。そっちは純粋な気持ちで、このおれを助《ス》けてくれたわけじゃないだろうからな」

多門は言い捨て、境内から走り出た。

ジャガーは見当たらなかった。久慈の姿も掻き消えていた。

多門は自分の車に足を向けた。

第五章　汚れた素顔

1

電話が繋がった。

受話器を取ったのは中年女性だろう。白瀬の妻のなつみなのか。

「白瀬先生のお宅ですね？」

多門は作り声で確かめた。ボルボの中だった。車は白瀬の自宅の近くに停めてある。

「はい、さようです」

「わたし、いつも先生に法律相談に乗ってもらっている斎藤《さいとう》といいます。朝から何度も六本木の事務所とスマホに電話をしたのですが、いっこうに先生と連絡がとれないんですよ。先生、ご自宅にいらっしゃるのでしょうか？」

「いいえ、こちらにも夫はおりません」

「そうなんですか。実はですね、緊急に先生にお目にかかって、お知恵を拝借しなければならない事態に陥《おちい》ったんです。先生のいらっしゃる所を教えていただけませんでしょうか」

「あら、困ったわ。夫のいる場所はわかっているのですけど、居所を誰にも教えるなと言われてるんです」

「まごまごしてると、わたしが経営してる会社は悪質な仕手《して》集団に乗っ取られてしまうかもしれないんです。それから、わたしの法律相談に乗ってくださっていた白瀬先生にも迷惑が及ぶ恐れもあります。その連中は、先生を逆恨《さかうら》みしてるんですよ」

多門は、もっともらしく語った。

「夫が逆恨みされているですって!?」

「ええ」

「それでは、深夜の出来事はそのことと関わりがあるのかもしれないわ」

「ご主人の身に何かあったんですね？」

「今朝《けさ》三時ごろ、夫は帰宅途中に何者かに襲われたんです。腿《もも》を刃物で傷つけられて、お抱え運転手さんは背中を刺されました」

「連中の仕業《しわざ》にちがいない。そういうことなら、一刻も早く先生にお会いして、何か対策を講じなければなりません。奥さん、どうか先生の居所をお教えください。万が一、手遅れになったら、後悔しますよ」

「夫は、白瀬は八《や》ヶ岳《つたけ》の別荘にいます。知っている外科医院で怪我の手当てを受けてから、しばらく身を隠すと言って、ハイヤーで山荘に向かったんですよ」

「おひとりで？」

「ええ、そうです」

「別荘のある場所、詳しく教えていただけます？」

「はい」

白瀬夫人が別荘の所在地を詳しく喋った。赤岳《あかだけ》の東側にあるようだ。

多門は礼を言って、電話を切った。

なんとなく後味《あとあじ》が悪かった。白瀬は悪人だが、その妻には罪がない。女性を騙《だま》すような真似はしたくなかったが、この際やむを得ないだろう。

多門は腕時計を見た。

午後三時半過ぎだった。初秋だが、まだ日は長い。暗くなる前に目的地に到着するだろう。

多門はボルボを調布市《ちょうふし》に向けた。

数キロ走ったとき、理恵から電話がかかってきた。

「木戸さんが亡くなったこと、ご存じですよね？」

「ああ、知ってるよ。警察は事故と他殺の両面で調べてるようだが、殺害されたと考えてもいいだろう」

多門は、杉浦から聞いた話を伝えた。

「誰かに追いかけられてたんだったら、おそらく木戸さんは殺されたのでしょうね」

「ほぼ犯人の見当はついてるんだ。白瀬に雇われた久慈という殺し屋の犯行だろう。華奈を殺害したのも、そいつだと睨んでる」

「そこまで調べ上げたんなら、後は警察に任せたほうがいいんじゃないかしら？」

「白瀬には共犯者か、黒幕がいそうなんだよ。そいつを闇の奥から引きずり出したいんだ、おれ自身の手でね。華奈の無念を晴らしてやりたいんだ」

「多門さんに愛されて、先輩は幸せだったと思います。短い生涯でしたけどね」

「短すぎるよ」

「それは、わたしも同じ気持ちです。それはそうと、多門さん、木戸さんの葬儀に出られるのでしょう？」

「そうしてやりたいが、時間の都合がつくかどうか。実は白瀬を追い込みはじめてるんだ」

「そういうことなら、あまり無理をしないほうがいいと思います。とりあえず、わたしひとりでお焼香をしてきます」

「そう」

「多門さん、気をつけてくださいね」

理恵が先に電話を切った。

多門はスマートフォンを懐に戻し、車のスピードを上げた。調布IC《インターチエンジ》が近づいてきたとき、今度は杉浦から連絡があった。

「クマ、面白いことがわかったぜ。梶浦千帆は、時任の実姉の長女だったんだ。つまり、姪《めい》ってことだな」

「そうだったのか。間接ながら、白瀬と時任には接点があったわけだ」

「ああ、そういうことになるな。例の美人弁護士が生前、口にした先生は時任かもしれないという推測にリアリティーが出てきた」

「そうだね。遣《や》り手の弁護士が白瀬と共犯関係にあったとしたら、つるむ気になった理由は何なんだろうか。姪の千帆が白瀬と愛人関係だったからという理由だけじゃ、共謀する気にはならないだろう」

「時任が白瀬と共謀してるとすれば、その犯行動機は金だろうな」

「杉さん、ちょっと待ってくれないか。時任は一流企業の顧問弁護士を務《つと》め、何人もの居候弁護士の面倒を見てるんだぜ」

「銭には魔力があるからな。それに、いくらあっても邪魔にはならねえ」

「しかし、危《ヤバ》いことをしてるのが露見したら、時任は築き上げた地位や社会的信用をいっぺんに失うんだよ」

「そういうリスクを承知で、時任はダーティー・ビジネスに手を染めざるを得なかったんじゃねえのか?」

「時任には、金のかかる愛人でもいるのかな。杉さん、どう思う?」

「それも考えられなくはないが、たかが愛人のために、そこまで危ないことをやるか? そういう男は少ねえと思うよ。特に成功者と呼ばれてる連中は保身本能が強い。好きな女がいても、てめえが破滅するようなことはしねえだろう」

「そうなると、やっぱり金欲しさに悪事に走ったことになりそうだな」

「時任は何か資産運用でしくじって、大損したのかもしれねえぞ。たとえば、株取引か何かでな」

「一般投資家は、あまり株には手を出さないんじゃないの? 株価がこのところ低迷してるからね」

「日本の株は確かに大化けする要素は少ねえよな。けど、先見性のある連中は十年近く前から、中国株に目をつけてる」

「日本人の投資家たちが中国企業の株を売り買いしてるんだね？」

「そうなんだ。おれは最近、総合雑誌を読んで知ったんだが、一時はかなり多くの日本人が中国株の売買をしてたんだってよ。投資信託分を加えりゃ、一年間で千五百億円を超える取引額になったそうだ」

「それは知らなかったな」

「中国には上海市場、深圳《しんせん》市場、香港市場の三つがあって、それぞれに証券取引所があるんだ。一九九二年に外資獲得を目的とする〝B株市場〟が開設されたんだよ。当初、中国株は一株当たりの平均株価が百円だったというから、だいぶ安かった。東証プライム（旧東商一部）の単純平均株価が四百四、五十円だから、買いやすかったわけだよ」

「なるほどね」

「で、日本人投資家たちは海南《かいなん》航空、広東《カントン》電力、大衆交通集団など八十社ほどのB株を買ったり売ったりしてたんだ。株価の伸びが期待できた銘柄は目白押しだったらしいぜ」

「大化けした銘柄の筆頭は？」

「以前、上海市場B株の『ピルキントンガラス』は、日本円にして一株およそ五円だったんだが、二年後には百六十数円に跳ね上がったことがあるな」

「まさに急騰《きゅうとう》だね。三十倍以上に跳ね上がったんだから」

「そうだな。いまのケースは例外としても、十倍、二十倍に化ける成長株は少なくないようだぜ。ただ、リスクもあるようだ」

「どんなリスクがあるの？」

「中国株の取引をするときは、時差と祝祭日のことを頭に入れとかなきゃならないらしい。上海市場と深圳市場は日本時間で午前十時半、香港市場は午前十時半から取引が開始されるんだ。それから当然、祝祭日も日本とは異なる。そういうことをうっかり失念しちまうと、株取引で損をする羽目になるそうだよ」

「なるほどね」

「もう一つ、不安要素があるんだ。中国企業の多くは国有だから、政府が大株主なわけだよな？」

「そうだね」

多門は相槌《あいづち》を打った。

「だから、国家の政策が株価に大きな影響を与える。政策によっては、急落する株もあるらしい。時任は中国株で、大火傷《おおやけど》を負ったんじゃねえのかな」

「杉さん、中国株に強い証券会社はわかる？」

「おれが読んだ記事には、東陽《とうよう》証券とか内野《うちの》証券なんて社名がリストアップされてたな」

「そういう証券会社に時任の名を騙《かた》って一社ずつ電話すりゃ、奴が中国株の取引をしてたかどうかはわかりそうだな。うまくすれば、時任が大損したかどうかも遣《や》り取りでわかるかもしれない」

「クマ、そいつはおれがやらあ。で、そっちの動きはどうだった？」

杉浦が問いかけてきた。多門は前夜のことを話し、これから白瀬の別荘に向かう予定であることも付け加えた。

「手加減しねえで、白瀬をとことん痛めつけてみな」

「そうするよ。杉さん、その後、木戸の事件に関する情報は？」

「捜査は進展してねえそうだ。クマがさっき話してた久慈って野郎の犯行臭《くせ》えな」

「まず間違いないと思うよ」

「クマ、なんかあったら、おれのスマホを鳴らしてくれ」

杉浦が電話を切った。

多門はスマートフォンを上着の内ポケットに突っ込み、ステアリングを両手で握った。調布ICから中央自動車道に入る。下り車線は割に空いていた。

多門は、ほとんど右の追い越しレーンを進んだ。小淵沢《こぶちざわ》ICで降り、しばらく一般道路を走る。

やがて、赤岳の麓《ふもと》にある別荘地に着いた。

まだ午後六時前だった。残照は弱々しかったが、まだ昏《く》れなずんではいない。

大手ディベロッパーが分譲した別荘地の正面ゲートを潜《くぐ》り、管理棟に車を回す。そこには別荘地内の地図が掲《かか》げてあった。

多門は白瀬のセカンドハウスのある場所を確かめてから、奥に向かった。

どの区画も敷地が広い。優に三百坪はありそうだ。

ログハウスやアルペンロッジ風の建物が連《つら》なっている。避暑の季節を過ぎたからか、無人の別荘が目立つ。

白瀬の山荘は奥まった場所にあった。洒落たドーマー窓のある二階家だった。

多門は白瀬のセカンドハウスの前をゆっくりと通過した。敷地内には、黒のワンボックスカーが見える。白瀬の妻は、夫がハイヤーで別荘に向かったと言っていた。白瀬は誰かボディーガードを呼び寄せたのだろう。殺し屋の久慈かもしれない。

多門は数軒先の人気《ひとけ》のない別荘の敷地にボルボを無断で駐《と》め、徒歩で白瀬のセカンドハウスに急いだ。

両隣の建物は、ひっそりと静まり返っている。誰もいないようだ。白瀬の別荘の真ん前は、非分譲エリアになっていた。広い自然林だった。

多門は白瀬の山荘の右隣の別荘内に入った。

樹木が多い。枝越しに白瀬の別荘の様子をうかがう。窓はカーテンで閉ざされ、建物の内部は覗けない。

もう少し暗くなってから、白瀬の別荘に押し入ろう。多門はスマートフォンをマナーモードに切り替え、サンデッキのステップに腰かけた。

夕闇が濃くなると、白瀬のセカンドハウスに照明が灯《とも》された。それから間もなく、山荘の前にドルフィンカラーのＢＭＷが停まった。

多門は視線を延ばした。

運転席から降りたのは、なんと見城豪だった。白いスタンドカラーの長袖シャツの上に、濃紺の上着を羽織っている。下はベージュのチノクロスパンツだ。

いったいどういうことなのか。見城は白瀬と通じていたのだろうか。多門は胸底《きょうてい》で呟いた。

見城は石畳を大股で歩き、玄関のノッカーを高らかに鳴らした。

ややあって、玄関のドアが開けられた。

応対した人物の顔はドアに遮《さえぎ》られて見えない。見城が何か短く言って、玄関の中に入った。すぐにドアは閉められた。

見城は、もう強請《ゆすり》の材料を手に入れたのではないか。自分に邪魔される前に、白瀬から口止め料を脅し取る気でいるのだろうか。見城に先を越されるのは面白くない。もう少し待ってから、別荘に押し込むことにした。

多門は密《ひそ》かに段取りを決めた。

十五分が過ぎた。見城は山荘から出てこない。裏取引がこじれたのか。

乗り込む気になった。

多門は隣家の敷地を出ようとした。ちょうどそのとき、白瀬の別荘から草色の寝袋を担《かつ》いだ男たちが現われた。元総合格闘家の岡部と元やくざの早坂だった。

寝袋の中には、見城が入れられているのかもしれない。人の形をしているが、少しも動かない。麻酔をかけられているのか。

岡部たちが寝袋をワンボックスカーの後部に投げ入れた。二人はすぐに運転席に乗り込んだ。ステアリングを握ったのは、岡部だった。

ワンボックスカーが車道に出て、ゆっくりと走りはじめた。

多門は自分の車まで駆け、急いでエンジンを始動させた。すぐワンボックスカーを追う。

別荘地のゲート近くで、岡部たちの車に追いついた。

多門は尾行しながら、いくらか迷っていた。

いま白瀬の周《まわ》りには、用心棒はいないと思われる。元裁判官を締め上げるチャンスだ。また、寝袋に閉じ込められているのが見城だと確認したわけではない。

自分は時間を無駄にしているのではないか。そういう思いが胸のどこかにあった。しかし、状況から判断して、見城が寝袋の中にいる可能性は高い。

見城には、借りがある。それを返すのが人の道というものだろう。

多門は迷いをふっ切った。

ワンボックスカーは赤岳の中腹まで走ると、山道の端で停まった。多門は三、四十メートル手前でボルボを停止させ、そっと車を降りた。

山道を登りかけたとき、ワンボックスカーから岡部と早坂が出てきた。

二人はヘッドランプを装着し、それぞれスコップを手にしていた。どちらも白い軍手を嵌《は》めている。

岡部たちは林の中に入り、奥まった場所にスコップで穴を掘りはじめた。多門はワンボックスカーに忍び寄り、スライドドアを開けようとした。

だが、ロックされていた。特殊万能鍵はボルボのグローブボックスの中だ。

引き返しかけたとき、頭上の小枝から野鳥が飛び立った。その羽音で、岡部たちが相前後して振り向いた。二つのヘッドランプの光が交錯する。

岡部と早坂が何か言い交わした。

じきに早坂が山道に引き返してきた。拳銃を手にしている。暗くて型《タイプ》まではわからない。

多門は抜き足でワンボックスカーから離れ、大きく回り込んで岡部の姿が見える繁みに身を隠した。

岡部は猛烈な勢いでスコップを動かしつづけている。やがて、ちょうど人が横たわれる大きさの穴が掘られた。深さは五十センチ程度だ。

岡部がワンボックスカーに戻った。早坂が無言でスライドドアを開けた。

岡部が寝袋を肩に担《かつ》ぎ上げた。早坂は車内からポリタンクを取り出した。中身はガソリンか、灯油だろう。

岡部たちは掘った穴に向かった。

山道から三十メートルほどしか離れていない。岡部が掛け声を発して、寝袋を肩から振り落とした。寝袋は穴の底にすっぽりと嵌《は》まった。

「いよいよ人間バーベキューだな」

早坂が嬉しそうに言い、ポリタンクのキャップを外した。すぐに寝袋の上に液体がぶちまけられた。

多門の鼻先を強い臭気が掠《かす》めた。撒《ま》かれたのはガソリンだった。

「てめえら、意識を失ってる見城を焼き殺すつもりだな。そうはいかねえぞ」

多門は暗がりから飛び出した。

早坂が発砲した。赤い銃口炎《マズル・フラッシュ》が瞬《またた》いた。乾いた銃声がこだました。

放たれた銃弾は巨木の幹《みき》にめり込んだ。

多門は樹木を縫《ぬ》いながら、穴に近づいた。いつの間にか、岡部も拳銃を握っていた。

二人は交互に撃ってきた。

多門は怯《ひる》まなかった。弾幕を掻《か》い潜《くぐ》りながら、穴の縁《ふち》まで進む。多門は両腕で寝袋を引っ張り上げ、安全な場所まで運んだ。

結び口をほどいたとき、寝袋の中で男が呻いて伸び上がった。

やはり、見城だった。多門は足許に回り込んで、寝袋を引き剝《は》がした。

そのとき、銃声が熄《や》んだ。どちらの弾倉も空になったらしい。

多門は穴のある場所まで走り、スコップを拾い上げた。岡部も早坂も予備の弾倉は持っていないらしい。

「このスコップで、てめえらの首を刎《は》ねてやる」

多門はスコップを振り上げた。

「やれるものなら、やってみな」

岡部が言い返して、躍《おど》りかかってきた。

多門は前に踏み出し、スコップを水平に泳がせた。岡部が数歩、退《さ》がった。多門は前に跳《と》んで、スコップを振り回した。

スコップは岡部の胴に当たった。岡部が呻いて、脇腹に手を当てた。

そのとき、早坂が岡部に何か言った。岡部がうなずく。

二人は身を翻《ひるがえ》し、山道とは逆方向に走りだした。ワンボックスカーを置きざりにして逃げる気になったのだろう。

多門はスコップを足許に落とした。ちょうどそのとき、見城が近寄ってきた。

「おれは焼き殺されるとこだったんだな。あんたのおかげで、命拾いしたわけだ」

「礼を言うことはねえさ。おれは、借りを返しただけだ。それより、こっちを出し抜きやがったな。そっちは、白瀬のどんな弱みを押さえたんだい？」

「奴は一流企業の不正を握って、口止め料をせしめてたんだ。強請の材料は政治家への闇献金、不正入札、粉飾決算、食肉の偽表示、無認可添加物の使用、公金横領、役員たちのスキャンダルといったものだよ」

「白瀬は企業恐喝も働いてたのか。誰かと同業だったたってわけだ」

「奴とおれを一緒にしないでくれ」

「どう違うって言うんでえ？」

多門は皮肉たっぷりに訊いた。

「おれには、おれなりの行動哲学がある」

「気取るなって。ま、いいさ。で、白瀬からどのくらい脅し取ろうとしたんだ？」

「証拠の品々を五億で買い取れって要求したら、逃げた二人が襲いかかってきたんだ。不覚にも、おれはエーテルを嗅がされてしまった」

「やっぱり、そうだったか。カードを見せる気になったのは、おれに救《たす》けられたからなのか？」

「おれは、そんな甘ちゃんじゃない。あんたが持ってるカードがわかれば、五億円どころか十億は毟《むし》れると思ったからさ」

「その正直さ、気に入ったぜ。おれも手の内を見せてやらあ」

多門は、白瀬と時任が事件に深く関与している疑いがあることを喋った。

「白瀬が脅しをかけた企業は、その時任が顧問契約を結んでる会社ばかりだぜ」

「ほんとかい!?」

「ああ。単なる偶然じゃないはずだ。おそらく時任弁護士が各社の弱みを白瀬に教えて、集金に行かせたんだろう」

「その疑いは濃厚だな。時任は何かで大きな額の金が必要になって白瀬を唆《そそのか》したようなんだが、そのあたりはまだ調べがついてないんだ」

「おれでよけりゃ、いつでも協力するよ」

見城がそう言って、右手を差し出した。多門は無言で握手をした。

「あんたのボルボで、おれを白瀬の別荘まで乗せてってくれないか」

「それはいいが、もう白瀬は逃げたと思うぜ。さっきの男たちが失敗《ドジ》踏んだことを携帯で白瀬に伝えただろうからな」

「ああ、多分ね。しかし、一応《フケ》、行ってみたいんだ」

「わかった」

二人は山道に出て、ボルボに乗り込んだ。

多門は来た道を戻りはじめた。十数分で、目的の山荘に着いた。案《あん》の定《じょう》、蛻《もぬけ》のからだった。

「やっぱり、あんたの言った通りだったな。さっきの雑魚《ざこ》を追っても仕方がない。東京に戻るか」

「そうしよう」

二人は、おのおの自分の車に乗り込んだ。

2

敵はどこに潜伏しているのか。

白瀬が雲隠れしてから、丸三日が経っている。多門は白瀬の自宅、事務所、愛人宅の三カ所に網《あみ》を張った。杉浦と見城の手を借りたのである。

しかし、ついに白瀬は網に引っかからなかった。

きょうは四日目である。多門は車で時任法律事務所に向かっていた。ひょっとしたら、白瀬が時任のオフィスを訪ねるかもしれないと思ったからだ。

目的地に着いたのは、午後四時を数分回ったころだった。

多門はボルボを外堀通りのガードレールに寄せた。左斜め前のオフィスビルの十階に時任法律事務所がある。

エンジンを切ったとき、多門は一瞬、時任に電話をかけて鎌をかけてみる気になった。

だが、すぐに思い留《とど》まった。そんなことをしたら、相手に警戒心を起こさせるだろう。

もどかしいが、白瀬が網にかかるのを待つことにした。多門は、煙草に火を点けた。

ふた口ほど喫ったとき、杉浦から電話がかかってきた。

「中国株を扱ってる証券会社にすべて電話をしてみたが、時任と名乗っても、まるっきり反応はなかったよ」

「ということは、時任は中国株の売買はしてなかったのか」

「そうなんだろう。おれの勘も鈍《にぶ》っちまったな。もしかしたら、時任は中国株の取引で大損したんじゃねえかと思ったんだがね」

「杉さん、気にしないでくれ。たいした回り道をしたわけじゃない」

「ま、それはな。株の件では外れちまったが、時任は何かで金銭的なダメージを受けてる気がするな。ただの勘だが、多分、当たってるだろう」

「杉さんの勘を信じるよ」

「そうかい。ところで、きょうは白瀬の家《ヤサ》の張り込みはできねえんだ。本業の調査をやらなきゃならねえんだよ」

「そうなら、本業の仕事を優先してくれないか。見城にも、もう梶浦千帆に張りつかなくてもいいって言ってあるんだ」

「そうかい。それにしても、クマと見城が共同戦線を張ることになるとは思ってもみなかったぜ」

「ずっとコンビを組むかどうかはわからないが、あの男、あれで俠気《おとこぎ》がありそうだからさ。しばらく友達《ダチ》づき合いしてもいいと思いはじめてるんだ。杉さん、どうだろう？」

多門は問いかけた。

「おれに相談するなんて、クマらしくねえぜ。そっちはいつも思い通りに生きてきたじゃねえか。今回に限って、どうしたんでえ？　見城と組んだら、割喰うと思ってんじゃねえのか。見城は女どもに言い寄られるタイプだし、凄腕の強請屋だからな」

「確かに見城は女たちが放っとかないタイプだよな。だけど、女たちを幸せにしてやれるのはおれのほうだろう。おれは奴と違って、女から金を貰ったりしないからね」

「それどころか、クマは女どもに銭をばら蒔《ま》いてる」

「おれは女たちに何かしてやることが楽しいんだよ。別に見返りなんか求めちゃいない」

「クマはお人好しだな。女に関しては、まるで初心《うぶ》な坊やと同じだ。けど、それがクマのキャラなんだから、それはそれでいいんじゃねえのか」

「おれは、おれだからね」

「そうだよ。だから、見城と友達づき合いしたいと思ったんだったら、そうすりゃいいさ」

「ああ、そうするよ」

「クマ、『キング・シーリング』のスミスって支社長なら、白瀬の隠れ家を知ってるかもしれねえぞ」

「そうだね。チコを使って、ロッド・スミスに罠《わな》を仕掛けてみるか」

「チコに色仕掛けを使わせる気だな？」

「そう。あいつはどこから見ても、天然の女みてえだからね。尖《とが》った喉仏《のどぼとけ》をスカーフか何かで隠せば、まず元男《もとおとこ》とは見破られる心配はない」

「そうだろうな」

「これからチコに電話してみるよ」

「そうかい。それじゃ、またな」

杉浦が通話を切り上げた。

多門は短くなった煙草を灰皿に突っ込み、スマートフォンを耳から離した。ほとんど同時に、着信音が響きはじめた。多門はスマートフォンを耳に当てた。

「多門だな？」

白瀬の声だった。

「おれのスマホのナンバー、誰から聞いたんだ？」

「三田村理恵のスマホに登録されてた」

「彼女を人質に取りやがったのかっ」

「その通りだ」

「彼女はなんの関係もないじゃねえか！」

「朝倉華奈の友人だったに過ぎないが、おまえを誘《おび》き出す道具には使える。こっちは、おまえが女に甘いことも調べ上げたんだよ」

「おれは、どこにでも行く。だから、人質には指一本触れるなっ。わかったな！」

「わたし自身は、三田村理恵をどうこうする気はない。しかしね、彼女を拉致してくれた男たちは性欲を持て余してる」

「岡部と早坂に理恵を引っさらわせたんだなっ」

「そうだ」

「あの二人が人質を穢《けが》したら、てめえらは皆殺しだ。威《おど》しじゃねえぞ」

「ずいぶん威勢がいいな。しかし、いつまで突っ張っていられるかね？」

「人質の声を聴かせてくれ」

多門は言った。白瀬の声が沈黙し、理恵の怯えた声が流れてきた。

「多門さん……」

「おかしなことはされてないね？」

「は、はい。あなたのスマホのナンバー、わたし、教えませんでした。でも、スマホを取り上げられてしまったので……」

「わかってる、わかってるよ。それより、いつ拉致されたんだ？」

「正午過ぎです。わたし、会社の近くの洋食屋さんに向かって歩いてたんです。そのとき、レスラーみたいな男と顔に刀傷のある男に両腕を摑まれて、車の中に押し込まれたんです」

「そこは、どこなんだ？」

「潰《つぶ》れたドライブインです。都心から何十キロか離れてるみたいですけど、正確な場所はわかりません。わたし、車の中では頭にずっと膝掛けを被せられてたんです」

「そうか。もう安心してくれ。必ずきみを救い出してやる。電話、換わってくれないか」

多門は理恵に言って、スマートフォンを握り直した。待つほどもなく白瀬の声が耳に届いた。

「ここは、柏《かしわ》市松《まつ》ヶ崎《さき》という所にある廃業したドライブインだ。店名は『オアシス』だよ。まだ看板が出てるから、すぐにわかるだろう」

「いちばん近いＩＣは？」

「常磐《じょうばん》自動車道の柏ＩＣだ。ＩＣを降りたら、国道十六号線を柏市の市街地方面に進め。数キロ先に、この元ドライブインがある」

「わかった」

「午後七時までに見城豪と一緒に来い！」

「見城と一緒に来いだと!?」

「そうだ。奴を知らないとは言わせないぞ。おまえは赤岳の中腹で、見城の命を拾ってやった」

「あいつは、もうそっちから金を脅し取る気はないと言ってたぜ」

とっさに多門は、でまかせを言った。

「焼き殺されそうになったんで、さすがに奴も命が惜《お》しくなったようだな。しかし、こちらは見城に不都合なことを知られてしまったんだ。だから、もう少し焼きを入れておきたいんだよ」

「それは別の機会にやってくれ。きょうは、おれひとりで柏に行く。それでいいだろうが！」

「駄目だ。必ず見城と二人で来るんだっ。おまえたちが約束の時間までに来なかったら、人質は女に飢えた奴らの餌食《えじき》になるだろう。股が裂けるまで代わる代わるレイプされることになるかもしれないな」

「見城と必ず一緒に行く。だから、待ってろ！」

多門は乱暴に電話を切り、イグニッションキーを捻《ひね》った。

見城に連絡をする気はなかった。多門はボルボを発進させ、赤羽に向かった。白瀬の愛人の梶浦千帆を弾除《たまよ》けにすることを思いついたのである。

千帆を人質に取ることは気が重かった。できることなら、事件に関わりのない彼女に辛い思いはさせたくない。

しかし、何か手を打たないと、理恵は輪姦《まわ》されてしまうだろう。たとえ自分が殺されるようなことになっても、華奈の友人はどうしても救い出さなければならない。

多門は近道を選びながら、千帆の自宅に急いだ。ちょうど五時ごろ、白瀬の愛人宅に着いた。

多門は家の前にボルボを駐め、勝手に低い門扉を通り抜けた。玄関のドア・チャイムを鳴らすと、奥でスリッパの音がした。

「突然、お訪ねして申し訳ありません。わたし、白瀬さんの知り合いの者です」

多門は玄関のドア越しに言った。すぐにドアが開けられ、軽装の千帆が顔を見せた。

「パパの身に何かあったんでしょうか？」

「ええ。午後二時過ぎに柏市の外れで交通事故に遭《あ》われたんです」

「えっ。それで、怪我の具合は？」

「全身打撲と骨折で全治二カ月の重傷です。しかし、意識ははっきりしてます」

「頭部は傷《いた》めなかったのね？」

「そうなんです。それで、白瀬さんはどうしても梶浦さんに会いたいから、連れてきてもらえないかと頼まれたんですよ」

「でも、病院にはパパの奥さんと娘の真知ちゃんがいるんでしょ？」

「ええ。ですから、ご家族がいないときに、あなたを病室に案内してほしいと言われてるんです。何か梶浦さんに大事な話があるとおっしゃってたな」

「そうですか。少しお待ちいただけますか。すぐ着替えをしますんで」

「わかりました。それでは、わたしは車の中で待ってます」

多門は玄関から遠ざかった。ボルボに乗り込み、煙草をくわえる。

十分ほど待つと、砂色のスーツ姿の千帆が家の中から現われた。化粧をし直したのか、さきほどよりも目鼻立ちがくっきりと見えた。プロポーションも申し分ない。

しかし、華奈にはかなわないのではないか。

多門はそう思いながら、助手席のドアを押し開けた。

「お待たせしてしまって、ごめんなさい。気持ちばかり急《せ》いて、思い通りに手が動いてくれなくて」

千帆がそう言いながら、助手席に坐った。香水が甘く匂う。

多門は車を走らせはじめた。環七通りから日光街道《にっこう》に入り、八潮《やしお》市方面に走った。そして、三郷《みさと》ICから常磐自動車道に入った。

ハイウェイに入ると、千帆が話しかけてきた。

「失礼ですが、お名前を教えていただけます？」

「中村《なかむら》です」

多門は、ありふれた姓を騙《かた》った。

「パパ、いいえ、白瀬さんとはどういった知り合いなのかしら？」

「飲み友達です。銀座のクラブでよく顔を合わせてるうちに親しくなったんですよ」

「そうなの。彼は、わたしのことをどんなふうに言ってるんでしょう？」

「かけがえのない女性だと言ってましたよ」

「そう。嬉しいわ。そう思ってくれてるんだったら、早く離婚してくれてもいいのに。愛人って、なんか立場が不安定でしょ？」

「そうでしょうね。白瀬さんとは、どこでお知り合いになったんです？」

「川奈《かわな》のゴルフ場のクラブハウスで、わたし、ナンパされちゃったの。その当時、失恋したばかりだったから、なんとなく寂しかったので、彼とデートを重ねるようになったんです。役員秘書の仕事をやめちゃってたんで、金銭的な援助もしてもらうようになったんです」

「白瀬さんはリッチだからなあ。法律相談のほかに、不良債権ビジネスの仕事もやってるようだから」

「詳しいことは知らないけど、誰かと組んで銀行やノンバンクの担保物件を安く買ってるみたいね」

「ビジネスパートナーは誰なんです？」

「法律関係の仕事をしてる年上の男性みたいよ。わたし、それ以上のことはわからないんです。彼、仕事の話はあまりしないんで」

「そうですか」

会話が途切れた。あと数キロで、流山《ながれやま》ＩＣだ。

流山ＩＣを通過してから、多門は口を開いた。

「いつだったか白瀬さんから聞いたんだが、あなたは時任弁護士の姪に当たるそうですね？」

「ええ、そうです。時任は、わたしの母親の弟なんです。叔父をご存じなんですか？」

「ええ、まあ」

「そう」

「白瀬さんと叔父さんは、かなり親しいんでしょ？」

「ええ、そうね。一年ほど前に、わたしが二人を引き合わせたんです。白瀬さんは元判事だから、共通の話題が多かったみたいで、すぐ二人は打ち解《と》けたの」

「そうですか。それじゃ、二人はちょくちょく会ってるんでしょうね」

「そう頻繁《ひんぱん》には会ってないと思うわ。でも、時々、ラインの遣《や》り取りはしてるみたい。自宅のパソコンを使ってね」

「自宅のパソコンを使って？」

「ええ。叔父も自宅のパソコンから白瀬さんにメールを送信してるみたいですよ。二人で何か悪い相談してるんじゃないのかしら？　うふふ。もちろん、冗談ですよ」

「でしょうね。時任さんは何かサイドビジネスをやってらっしゃるんでしょ？　いつかお目にかかったとき、値の張りそうな背広を着てらっしゃったから。それに、超高級腕時計も嵌《は》めてらしたな」

「大企業の顧問弁護士でもあるから、多少は見栄を張ってるんだと思います。だけど、それほどリッチじゃないはずです」

「リッチじゃない？」

「ええ。母に聞いた話なんですけど、叔父は数年前にベンチャー企業に個人投資をして、大損してしまったらしいんです。自分の預金の二億円に知人から借り集めた三億円をプラスして、数社の未公開株を買い集めたというんです」

「しかし、そのベンチャー企業は倒産してしまったんですね？」

「ええ、そうなんです。そのベンチャー企業は音楽配信とブロードバンドを売りものにした事業展開をすることになってたというんですけど、どうも計画倒産だったらしいの」

「計画倒産？」

「ええ。そのベンチャー企業の真のオーナーは、京都の暴力団の企業舎弟《フロント》だったんです。その企業舎弟のボスは京大法学部中退のインテリやくざで、若いダミーを次々に起業家に仕立てて各種のベンチャービジネスを興《おこ》させ、スポンサー企業や個人の投資家《ベンチャー・キャピタリスト》たちに未公開株を売りつけてから、計画的にどの会社も倒産させてたらしいんです」

千帆が長々と説明した。

「悪い奴に引っかかったな。時任さんは当然、法的な措置《そち》をとったんでしょ？」

「最初は告訴してやると息巻《いきま》いてたそうですが、詐欺に引っかかったことが表沙汰になったら、弁護士の自分は笑い者にされるからと……」

「結局、告訴はしなかったのか？」

「ええ、母はそう言ってました。叔父は二億の私財を失っただけではなく、知人たちから借り受けた三億円の返済に追われてるようですよ。欲を出さなければよかったのに」

「それにしても、企業舎弟のボスだというインテリやくざは悪質だな。そいつの名前は？」

「母はそこまでは話してくれませんでした。確かに悪い奴ですけど、相手は関西の極道《ごくどう》だという話だから、騙し取られたお金を取り戻すことは難しいでしょうね」

「そんな悪党は告訴すべきだな」

「でも、告訴したら、叔父は弁護士としての信用を失ってしまいます。おそらく大企業との顧問契約を解除されて、一般の弁護依頼もなくなるでしょう」

「そうかもしれないな」

多門は口を結んだ。

時任は失った私財の回収と知人たちへの返済金三億円を工面するために白瀬を焚《た》きつけ、不良担保物件を恐喝同然に超安値で買い叩かせていたのか。そう考えれば、すべての辻褄《つじつま》は合う。

ほどなく柏ＩＣに差しかかった。

ＩＣから国道十六号線に降りる。二、三キロ走ると、左手に廃業したドライブインが見えてきた。『オアシス』の駐車場の出入口は封鎖されていない。

「白瀬さんが入院してる病院は三百メートルほど先にあるんです。すぐそこに潰れたドライブインがありますけど、あそこはわたしの店だったんですよ」

「そうなんですか」

「あなたは店の中で待っててください。わたし、もう少ししたら、病院に行って、奥さんたちが病室にいるかどうか様子を見てきますから」

多門はそう言って、ボルボを『オアシス』の駐車場に入れた。まだ六時十分過ぎだった。外はそれほど暗くなかった。廃業したドライブインに照明は灯《とも》っていない。

千帆が先に車を降りた。多門はボルボの前を回り込み、千帆に近づいた。

「何か？」

千帆が怪訝《けげん》な顔つきになった。

多門は拝む恰好《かっこう》をしてから、千帆に当て身を見舞った。千帆が呻いて、倒れかかってきた。

多門は千帆を支え、横抱きにした。そのまま『オアシス』に足を向ける。

ドアはロックされていなかった。多門は千帆を肩に担《かつ》ぎ、店内に足を踏み入れた。

椅子やテーブルは片側に積み上げられている。

奥の床に理恵が転がされていた。粘着テープで両手と両足首を括《くく》られ、口許を塞《ふさ》がれている。衣服は乱れていない。

多門は気絶した千帆を床に仰向けに寝かせ、理恵の口許の粘着テープを引き剝《は》がした。すると、理恵が涙声で言った。

「来てくれて、ありがとう。わたし、不安で不安でたまらなかったの」

「もう大丈夫だ。白瀬たちは？」

「さっきまで厨房《ちゆうぼう》で話し込んでたんですけど、いまは静かですね」

「何か変わった様子は？」

「少し前に二人の男が短い呻き声をあげたようです。それきり、静かになったの」

「そう」

多門は、理恵の手足も自由にしてやった。理恵が起き上がって、千帆に目をやった。

「その女性は？」

「白瀬の愛人だよ。彼女ときみを交換するつもりで、店の駐車場で当て身を喰らわせたんだ。きみはここにいてくれ」

多門は言って、中腰で厨房まで走った。

厨房の白いドアを押すと、血の臭いが漂っていた。調理台の近くに、岡部と早坂が倒れている。どちらも頭部を撃ち抜かれていた。白瀬の姿はなかった。

ポスターカラーのような血糊《ちのり》は、まだ凝固していない。おおかた久慈が雇い主に命じられ、岡部と早坂の口を封じたのだろう。まだ殺し屋は、この建物の中にいるにちがいない。

多門はそう直感し、厨房を見回した。

そのとき、業務用冷凍庫の扉が不意に開いた。そこには、サイレンサー・ピストルを構えた久慈がいた。

多門は身を屈《かが》めた。頭上を銃弾が四、五発疾駆《しっく》し、背後の壁に着弾した。発砲されたことで、怒りの導火線に火が点いた。

多門はすっくと立ち上がった。

「ゲームは終わりだ」

久慈がドライに呟き、果実のような塊《かたまり》を投げつけてきた。手榴弾《しゅりゅうだん》だった。それは、多門の近くに落ちた。

多門は手榴弾を力まかせに蹴り返した。

だが、久慈に届く前に爆《は》ぜてしまった。オレンジ色がかった赤い閃光《せんこう》が走り、白っぽい爆煙が拡散した。

多門は反射的に床に身を伏せた。立ち上がったときは、もう久慈の姿は消えていた。

3

昨夕の忌々《いまいま》しさが蘇《よみがえ》った。

多門は拳《こぶし》でステアリングを打ち据《す》えた。ボルボの中だ。

斜め前には、『キング・シーリング』日本支社が借りているビルがある。

見通しは悪くない。あと数分で、午後五時になる。

日中、多門は見城と手分けして、白瀬と時任を生捕りにする気だった。だが、二人は前夜のうちに行方を晦《くら》ましていた。

そのことは予想できないことではなかった。それだけに、余計に悔《く》やまれる。

多門はチコの到着を待っていた。チコに色目を使わせ、ロッド・スミスを近くのシティホテルに誘い込む作戦だった。

煙草をくわえようとしたとき、スマートフォンが着信音を発しはじめた。多門はスマートフォンを口許に近づけた。見城からの電話だった。

「たったいま、香港在住の知り合いから電話が入ったんだ。法人登記簿を閲覧《えつらん》してもらったんだが、やっぱり『光陽トレーディング』というペーパーカンパニーの代表取締役は時任伸吾になってたそうだよ」

「思った通りだ。もちろん、その会社のオフィスは香港にはねえんだろ？」

「オフィスはないという話だったよ。ただ、私書箱は借りてるようだな」

「『キング・シーリング』日本支社からの振込通知書なんかは、その私書箱宛に送ってもらってたんだろう」

「多分ね。おれの知り合いが中国銀行と香港銀行のコンピューターシステムに侵入してくれた結果、『光陽トレーディング』の口座は中国銀行のほうにあることがわかった」

「残高は？」

「日本円にして、たったの三十数万だったらしい。白瀬か時任が定期的に香港に出かけ、プール金をキャッシュで引き出して、両替え屋でマネーチェンジしてから、オーストリア銀行の秘密口座に入金してたんだろう」

「ああ、おそらくな。秘密口座には、ハッカーも潜り込めねえんだろう？」

「天才的なハッカーなら、やれないことはないと思うよ。しかし、そういう奴を見つけるには時間がかかる。接触できたとしても、べらぼうな額の謝礼を要求されるだろう」

「そんなに手間隙《てまひま》はかけてられねえな。おれは予定通りにスミスを痛めつけて、白瀬の居所を何とか吐かせる。仮に隠れ家は知らなくても、白瀬はスミスには連絡をとってるはずだ。不良担保物件の買い取りはつづけてるだろうからな」

「その手もあるが、千帆に甘い拷問《ごうもん》を加える方法もあるじゃないか。自慢じゃないが、おれのフィンガーテクニックはちょっとしたもんだぜ。エクスタシー寸前まで幾度か昂《たか》まらせて焦《じ》らせば、こっちの言いなりになるだろう」

「自信たっぷりだな。情事代行人の指遣《づか》いは抜群なんだろうが、女をいたぶっちゃいけねえよ」

「いたぶるだけじゃない。千帆が白瀬か時任の潜伏先を教えてくれれば、ちゃんとこの世の極楽に導いてやるさ」

「それでも、おれは気が進まねえな。きのう、彼女を廃業したドライブインに置き去りにしてきたことで、なんか心が痛いんだ」

「気に病《や》むことはないさ。白瀬の愛人はまだ息を吹き返してなかったという話だったし、あんたが正体を明かすわけにはいかなかったんだから」

「そうだとしても、せめて柏ＩＣの近くまで車で運んでやるべきだったと悔やんでるんだ。ずっと一緒だった三田村理恵は何も言わなかったが、きっと心の中でおれのことを薄情な男だと思っただろう」

多門は言った。

「あんたがそんなにセンチメンタルな男だとは思わなかったよ。女たちに優しいのは悪いことじゃないが、八方美人的な接し方は考えもんだな。どっかで線引きしないとね」

「ご意見無用だ。そっちとは、そもそも女性観が違うからな。折り合えっこない」

「わかったよ。それじゃ、予定通りにスミスの口を割らせればいいさ」

「そうすらあ」

「ついでに、もう一つ報告しておこう。例の企業舎弟のボスのことだが、そいつは京仁会《きょうじんかい》の若頭補佐をやってる新宮力也《しんぐうりきや》って男だったぜ。四十三だったかな」

「さすが探偵屋だな。調査にかけては、おれより一枚上手《うわて》じゃねえか」

「ルックスもな」

「男は容姿じゃねえだろうが！」

「冗談だよ。そうむきになるなって」

「面《つら》のいい野郎が厭味《いやみ》ったらしい冗談を言うねえ。それはそうと、その新宮って奴はベンチャー企業を次々に計画倒産させて、よく投資会社や個人投資家たちから詐欺で告訴されねえな。そうか、わかったぜ。新宮ってインテリやくざは、スポンサー企業や一般投資家たちの弱みをがっちり押さえてやがるんだな」

「ああ、おそらくね。そうじゃなきゃ、新宮はとっくに手錠《ワッパ》打たれてるさ。どんな企業や人間も、一つや二つ他人には知られたくない秘密がある」

「そうだな。ひょっとしたら、時任もダーティー・ビジネスで稼いだ泡銭《あぶくぜに》で女性を囲ってやがるんじゃねえのか？」

「考えられるね。金を摑んだ男たちは、たいてい女遊びに走るからな。五十四の時任が愛人を囲ってたとしても不思議じゃない」

「そうだな。そのあたりのことも調べてくれねえか」

「オーケー」

見城が快諾《かいだく》し、先に電話を切った。

多門はスマートフォンを懐に戻した。その直後、ボルボの前に一台のタクシーが停まった。

降り立った客は、極楽鳥のようなカラフルなシャツブラウスを着たチコだった。白っぽいスカートは超ミニだ。ちょっと身を折っただけで、下着が見えそうだった。

多門は呆《あき》れる前に笑ってしまった。

「クマさん、お待たせ！」

チコが腰をくねらせながら、助手席に乗り込んできた。

「香水、きついんじゃねえのか？」

「アメリカ人って、強い香りに馴染んでるから、淡い匂いじゃ物足りないはずよ」

「そうかな。チコ、店を休ませちまって、悪かったな！　早苗ママ、ブーたれてなかったか？」

「クマさんとデートするんだったら、大目に見るしかないでしょって」

「おめえ、何か勘違いしてるな。ロッド・スミスって野郎をホテルに誘い込むのがチコの仕事だぜ」

「わかってるわよ。でも、その後、あたしの心と体の渇《かわ》きをクマさんが癒《い》やしてくれるんでしょ？」

「おれは女専門だって、何百遍《ぺん》も言っただろうが。おめえがうまく仕事をしてくれたら、シヨットバーにでも連れてってやる」

「それだけじゃ、つまんなーい」

「謝礼も払うよ」

「お金なんか欲しくないわ。あたしは、好きな男性の役に立てることが嬉しいんだから」

「ありがてえ話だが、おれは絶対におめえとベッドインなんかしねえぞ」

「きょうは、あたしもそういう気はないの。ただ、一緒にいたいだけ。いま、生理中なのよ」

「元男《もとおとこ》が何が生理中だっ。ふざけんな」

「クマさん、ジョークのキャッチボールもできなくなっちゃったのね。まだ美人弁護士さんのことで、ショックが尾を曳《ひ》いてるんだ？　クマさんったら、〝暴れ熊〟と異名を持つ悪党《ワル》なのに純情なんだから。そういうとこがかわゆいのよね。頬っぺにキスしてあげる」

「面《つら》を近づけるな！」

多門はグローブのような手でチコの顔を押し返した。チコが、さもおかしそうに笑った。

その直後、洒落たビルの出入口からスミスが姿を見せた。ひとりだった。

「いま出てきた栗毛の白人がロッド・スミスだ」

「もう少しいい男だと思ってたけど、イマイチね」

「文句が多いな。多分、スミスは行きつけの鮨屋に行くだろう。そうしたら、チコも店に入ってくれ」

「わかったわ」

「これがルームキーだ。スミスがおめえの人工おっぱいを揉んでるころを見計らって、おれは九〇一号室に押し入る」

多門は言って、ホテルのカードキーをチコに握らせた。

スミスが先日の鮨屋に入っていった。

「それじゃ、ひと仕事してくるわね」

チコがボルボを降り、スミスのいる店に足を向けた。

ヒップを大きく振っている。若いサラリーマンが足を止め、チコの後ろ姿に粘っこい視線を当てていた。

多門はチコが鮨屋に入ったのを見届けると、ディオンヌ・ワーウィックのCDをかけた。

殺された華奈がよく聴いていた曲だ。ソウルフルなラブソングが車内に拡《ひろ》がりはじめた。そのとたん、華奈との想い出が蘇った。情事の前に、この曲を何度も一緒に聴いたものだ。

歌が流れはじめると、きまって華奈は多門の肩に凭《もた》れかかってきた。いつも幸せそうだった。多門は切なくなってきた。辛《つら》すぎて、とても最後まで聴けそうもない。

多門はCDを停止させ、ラジオを点けた。ポピュラーソングをぼんやり聴きながら、時間を遣《や》り過ごす。

チコとスミスが鮨屋から現われたのは、午後七時過ぎだった。

スミスはチコの腰に片腕を回していた。チコはスミスに体を密着させている。二人は舗道の端に立ち、数分待って空車を拾った。

チコたちを乗せたタクシーは芝公園方面に走り、ほどなくシティホテルの正面玄関の前に停まった。多門はホテルの駐車場にボルボを入れた。

チコたち二人は車を降りると、腕を組んでロビーに入っていった。

多門は車の中で時間を稼いだ。

二十分ほど過ぎてから、ボルボを降りた。ホテルに入り、エレベーター乗り場に直行する。

予約したのはダブルベッドの部屋だった。

多門はエレベーターで九階まで上がり、九〇一号室に急いだ。

ドアに耳を押し当てる。シャワーの音は聞こえない。もうチコたちはベッドの上にいるのだろう。

多門は左右をうかがってから、特殊万能鍵でロックを解《と》いた。そっとドアを開け、ダブルベッドに忍び寄る。スミスがチコの上にのしかかり、伸ばした舌で乳首を打ち震わせていた。どちらも全裸だった。

スミスの肌は白というよりは、ピンクに近かった。背中まで栗色の毛が生えていた。産毛《うぶげ》よりも、ずっと毛脚が長い。

多門はスミスの頭髪を引っ摑んで、ベッドから引きずり落とした。

スミスが母国語で何か罵《ののし》り、上体を起こした。性器は半立ちだった。

多門は丸太のような脚で、スミスの胸を蹴った。スミスが呻いて、仰向けに引っくり返る。

多門は前に踏みだした。スミスの分身を靴の底で強く踏みつける。

「おまえたち、グルだなっ」

スミスが苦痛に顔を歪《ゆが》めながら、多門とチコを交互に睨んだ。

チコが薄く笑って、ベッドを離れた。そのままバスルームに消えた。

「白瀬はどこにいる？」

「おまえ、何者？」

「ちゃんと訊かれたことに答えな」

多門は少し退がって、今度はスミスの睾丸《こうがん》を蹴った。緑色の瞳が上瞼に隠れた。

「早く答えろ！」

「知らない。白瀬さんとは、しばらく連絡を取り合ってないんだ」

「蹴り殺してやろうか。え？」

「わたし、何も隠しごとはしてない。本当に知らないんだ。信じてくれ」

「ま、いいさ。白瀬は汚い手で手に入れた不良担保物件を九棟ほど『キング・シーリング』の日本支社に転売した。取得価格の二十パーセント分を上乗せしてな」

「なぜ、そんなことまで知ってるんだ!?」

スミスが驚きの声を洩らした。

「白瀬とそっちの会話を盗聴したんだよ」

「えっ。どうして、そんなことを!?」

「おれの彼女が殺された事件に白瀬が関わってると睨んだからだよ。しかし、奴はおそらく殺しの依頼人じゃないだろう」

「誰がきみの恋人だった女性を……」

「スミスさんよ、時任って弁護士に会ったことがあるんじゃねえのか？」

「そういう名前の日本人は知らない。何者なんだ？」

「そっちの会社が物件の代金を振り込んでる『光陽トレーディング』の代表取締役だよ。フルネームは時任伸吾だ」

「やっぱり、知らないね。売買契約書には、白瀬さんが代表取締役と書かれた社判が捺《お》されてたがな」

「白瀬はダミーさ」

「そうだとしても、こちらはきちんと支払うものは支払ってるんだ。だから、当方には何も落ち度はない。そうだろう？」

「そうだが、あまりフェアとは言えねえな。白瀬が悪どい方法で安く買い叩いたビルやマンションを手に入れて、転売ビジネスに励んでるんだからな」

「うちの会社は非合法ビジネスをやってるわけじゃない」

「確かにな。けど、性根《しょうね》が腐ってるな。おれは気に入らねえ」

多門は言いざま、またスミスの股間を蹴った。

スミスが凄まじい声をあげ、手脚を縮めた。男根《だんこん》は萎《な》え、陰毛に半ば埋《なか》もれていた。

「クマさん、もういいの？」

チコがそう言いながら、浴室から現われた。身繕《みづくろ》いを終え、ルージュも引いていた。

「無駄骨折らされたよ」

「そうなの。でも、クマさん、飲みに連れてってくれるわよね？」

「ああ。西麻布のショットバーでも覗いてみるか？」

「行こ、行こ」

「話は決まりだ」

多門は言って、チコを目顔で促《うなが》した。チコが嬉しそうに笑い、腕を絡《から》めてきた。

「くっつくんじゃねえ」

「照れないの！　あたしにぞっこんなくせに」

「殺すぞ、てめえ！」

多門はチコの手を振り払って、先に九〇一号室を出た。チコが笑いながら、すぐ追ってくる。

エレベーターホールにたたずんだとき、多門のスマートフォンが鳴った。発信者は杉浦だった。

「白瀬が死んだこと、知ってるか？」

「奴が死んだって!?」

「ああ。五反田《ごたんだ》のマンスリーマンションの一室で射殺されたよ。ソファに腰かけたまま、左胸に二発喰らってたらしい。知り合いの刑事が教えてくれたんだ」

「犯行時刻は？」

「ちょうど一時間ぐらい前だってさ。黒いスポーツキャップを被った男が白瀬のいた部屋から飛び出してきて、隣室の奴とぶつかりそうになったらしいんだ。相手の挙動がおかしかったんで、そいつは白瀬の部屋に入ってみたというんだよ。それで、射殺された白瀬を発見したということだったな」

「そう。銃声は？」

「響かなかったそうだ」

「おそらく殺し屋《プロ》の久慈がサイレンサー・ピストルで撃ち殺したんだろう。時任が白瀬を始末させたんだと思うよ、保身のためにね」

「おおかた、そんなところだろうな。クマ、早く時任の潜伏先を突きとめろや」

「もちろん、そうするつもりだよ。杉さん、ありがとな」

多門は掌《てのひら》の上でスマートフォンを弾ませた。

4

他人の視線を感じた。

誰かに尾行されていたのか。多門は、あたりを見回した。

だが、誰もいなかった。気のせいだったようだ。

多門は大田《おおた》区東雪谷《ひがしゆきがや》の住宅街の路上に立っていた。

数十メートル先には、時任弁護士の自宅がある。ひときわ目立つ豪邸だ。

闇の法律コンサルタントの白瀬が射殺されたのは五日前である。その翌日から多門は毎日、時任の自宅の近くで張り込んできた。

しかし、雲隠れしている時任が自宅に戻ることはなかった。時任の妻も近所に買物に出かけるだけで、夫の着替えをどこかに届けに行く様子はうかがえなかった。

むろん、時任は新橋のオフィスにも一度も顔を出していない。白瀬の葬儀にも列席しなかった。杉浦が白瀬の事件に関する捜査状況を小まめに集めてくれていたが、警察は犯人の割り出しには至《いた》っていない。華奈と木戸の事件も、未解決のままだ。

見城は時任の女性関係を探っているはずだが、その後、連絡は途絶えている。まだ調査中なのだろう。

多門は腕時計に目を落とした。

午後三時を数分過ぎていた。同じ場所に二時間以上もたたずんでいる。そろそろ車の中に戻ったほうがよさそうだ。

ボルボは五、六十メートル離れた路上に駐めてある。歩きだそうとしたとき、時任邸の前にワインカラーのワゴン車が停まった。ナンバープレートに〝わ〟という文字が見える。レンタカーだ。

多門は運転席の男を見た。鷲のような目をしている。よく見ると、森下だった。白瀬のお抱え運転手兼用心棒を務めていた元やくざだ。世渡りの上手な男だ。白瀬が死んだので時任に取り入って、ボディーガードにでもなったのだろう。

多門は物陰に隠れた。

森下がワゴン車から降り、時任の自宅のインターフォンを鳴らした。ややあって、スピーカーから中年女性の声が洩れてきた。

「どちらさまでしょう？」

「森下です。時任先生の着替えと書類を取りにまいりました」

「ご苦労さま！　あなたのことは、主人から聞いております。もう用意はできてます。いま、キャリーケースをそちらに持っていきます」

「お願いします」

森下が門柱から少し退《さ》がった。

多門は首を伸ばした。待つほどもなく邸内から四十八、九歳と思われる女性が現われた。時任の妻だ。地味な感じで、化粧っ気もない。

時任夫人は、キャスター付きの茶色のキャリーケースを引き摺《ず》っていた。森下がキャリーケースを受け取り、ワゴン車の中に積み込んだ。

森下を尾《つ》ければ、時任の隠れ家はわかるだろう。

多門はうつむき加減で歩きはじめた。ボルボに乗り込んだとき、森下の車が走りだした。多門はレンタカーを追った。

ワゴン車は住宅街を抜け、中原《なかはら》街道に向かった。それから間もなく、森下がスマートフォンを耳に当てた。誰かが電話をかけてきたのだろう。

森下は電話を切ると、中原街道の少し手前で進行方向を変えた。東雪谷に逆戻りし、西馬《にしま》込《ごめ》を通り抜けた。南馬込から環七通りに出て、平和島《へいわじま》方面に進んだ。

道なりに走れば、東京湾にぶつかる。海沿いには城南島《じょうなんじま》、京浜島《けいひんじま》といった人工の島がある。どちらも民家は少なく、倉庫ビルや工場が多い。

多門は罠《わな》の気配を嗅《か》ぎ取った。

おそらく森下は、尾行者を人目の少ない場所に誘い込む気なのだろう。そこには、歪《いびつ》な性癖を持つ殺し屋の久慈が待ち受けているにちがいない。

多門はワゴン車を追跡しつづけた。

予想は正しかった。森下の車は平和島を通過し、さらに海辺に進んだ。東京モノレールの流通センター駅を越え、京浜運河を渡った。

東海《とうかい》一丁目の交差点を右折し、京浜島に入る。多門は車間距離を縮めた。どうせ敵は尾行に気づいているにちがいない。

やがて、ワゴン車は運河沿いの倉庫の前に停まった。

運河の向こうには、羽田《はねだ》空港のターミナルビルが見える。

森下が車を降りた。キャリーケースを車内に残したまま、古ぼけた倉庫の中に入っていった。

多門はボルボを岸壁に停めた。

煙草に火を点け、逸《はや》る気持ちを鎮《しず》める。紫煙をくゆらせながら、作戦を練りはじめた。数分後、妙案が浮かんだ。

多門は喫いさしの煙草を灰皿に突っ込み、急いで車を降りた。

森下が運転しているレンタカーに歩み寄り、給油カバーを蹴った。四角い蓋《ふた》は大きくへこみ、縁《ふち》の部分が捲《めく》れ上がった。多門は太い指で蓋を剝《は》がし、注入口のキャップを外した。車体を大きく揺さぶると、ガソリンが零《こぼ》れはじめた。

いくらも経たないうちに、タイヤの下に油溜まりができた。多門はワゴン車から二メートルほど退がり、煙草をくわえた。

火の点いた煙草を玉虫色の油溜まりに投げ落とす。

ほとんど同時に小さな発火音が響き、炎が躍《おど》り上がった。火の勢いは次第に強まった。ほどなく炎が車体を舐めはじめた。

多門は倉庫のシャッターにへばりついた。

少し経つと、潜《くぐ》り戸から森下が慌てて飛び出してきた。多門は無言で横蹴りを放った。

森下の体が吹っ飛ぶ。まるで突風にさらわれたような倒れ方だった。

多門は前に跳《と》んで、半身を起こしかけている森下の顎を蹴り上げた。

森下が蛙《かえる》のような恰好で仰向けに倒れ、長く呻いた。後頭部を強く打ちつけたのだろう。

多門は片膝を落とし、手早く森下の体を探った。

武器は何も持っていなかった。

多門は森下を摑み起こし、羽交《はが》いじめにした。そのまま身を屈めて、潜り戸を抜ける。

多門は足を使って、潜り戸を閉めた。燃えている車を見た野次馬が集まってくると判断したのだ。

広い倉庫内は薄暗かった。片側に木箱が堆《うずたか》く積み上げてあった。

久慈は中ほどに突っ立っていた。なぜだか、きょうはスポーツキャップは被っていない。

右手には、マカロフＰｂを握っている。

「罠を見抜いてたようだな」

「その通りだ。破門されたヤー公は、おれの弾除けにさせてもらったぜ」

「弾除けにはならない」

「仲間を撃《ハジ》く気なのか⁉」

「森下は仲間なんかじゃない。ただの捨て駒さ」

「てめえ、なめやがって！」

森下が喚《わめ》いた。

久慈が口の端を歪《ゆが》め、一気に引き金を絞った。多門は両腕をほどき、森下の体を前に押した。森下が心臓部に被弾し、バレリーナのように体を旋回させた。コンクリートの床に倒れ、それきり動かない。

「マラをおっ立ててやがるのかっ」

多門は身構えながら、久慈に言った。

「いや、まったく反応しなかった。森下は節操《せっそう》のない屑《くず》野郎だったからな。白瀬が死んだら、すぐに時任に擦《す》り寄っていった」

「てめえだって、同類じゃねえか。白瀬に雇われたくせに、奴を平気で始末したんだろうが！」

「おれは別に白瀬に雇われてたわけじゃない」

「てめえの雇い主は、最初っから時任だったのか？」

「否定はしないよ」

久慈がそう言い、大股で間合いを詰めた。サイレンサー・ピストルは胸の高さに保《たも》たれたままだ。

「時任に命じられて、おれを消す気なんだなっ」

「そうだ。いずれ、見城という強請屋も始末する。おまえら二人を殺《や》るときは、トランクスを汚すことになりそうだ」

「変態野郎め。早く撃ちやがれ！」

「すぐに殺《や》るのは、もったいない。少しずつ恐怖を与えて、それからゆっくりと仕上げにかかるか」

「てめえは朝倉華奈、木戸洋一、岡部、早坂、白瀬を葬って、いままた森下を殺《や》った。完全に頭《ペテン》がイカレてるな」

「なんとでも言え」

「拳銃の扱いはどこで覚えたんだ？　まさか元お巡りじゃねえだろうな？」

「おれは昔、ツアーコンダクターをやってたんだ。海外の射撃場《シューティング・レンジ》で実射を繰り返してるうちに、無性《むしょう》に人を撃ち殺したくなってな。それで、一年前に旅行会社をやめて……」

「殺し屋《プロ》になった？」

「そうだよ」

「時任とは、どこで知り合ったんだ？」

「去年の春、おれの母親がある大学病院の手術ミスで死んだんだ。病院を告訴したとき、時任の世話になったんだよ。もういいだろうが。そろそろ命乞《ご》いしてもらおうか」

「命乞いだと!?」

「そうだ。獲物どもが命乞いすると、なぜだか性的に興奮するんだよ。さあ、土下座して、情けない声で『殺さないでください』と哀願しろ！」

「そんなことできるけえ」

「まだ冷静さが残ってるようだな。それじゃ、岩手弁で命乞いさせてやろう」

「急所を外して撃つ気だな？」

多門は腰を落とした。膝を発条《ばね》にして、銃弾を躱《かわ》すつもりだった。

久慈が撃った。

放たれた弾は、多門の足許で大きく跳《は》ねた。とっさに開脚した多門はバランスを崩し、両手を床につく恰好になってしまった。

「不様だな」

久慈が嘲笑し、足を飛ばした。前蹴りを胸に受け、多門は長く呻いた。

「早く立てよ」

久慈が言いながら、片脚を浮かせた。また、前蹴りを放つ気らしい。

多門は久慈の軸足《じくあし》を両手で摑み、強く引いた。久慈が尻から落ちた。多門は久慈にのしかかり、片手で喉を圧迫した。もう一方の手で、マカロフPbを奪い取る。

多門はサイレンサー・ピストルの先端を久慈のこめかみに密着させ、ゆっくりと体を浮かせた。

「時任の隠れ家に案内してもらおうか」

「おれは、依頼人は裏切らない主義なんだ。自分で駆けずり回って、探し当てるんだな」

「てめえとじゃれてる隙《ひま》はねえんだっ」

「だから？」

久慈が挑むような眼差《まなざ》しを向けてきた。

多門は膝頭で久慈の腹を押さえ、左の鎖骨《さこつ》を撃ち砕《くだ》いた。布地が焦げたが、血は飛び散らなかった。久慈は獣のような唸り声をあげたが、口を割ろうとはしなかった。

多門は立ち上がって、次に久慈の右の膝頭を撃った。

久慈が体をくの字に折り、顔を歪めた。それでも、時任の居所は明かさなかった。

多門は一瞬、殺意を覚えた。

これまでに救いようのない極悪人を何人か葬《ほうむ》ってきた。人を殺す度胸は据《す》わっていた。

殺された華奈の無念を思うと、久慈の心臓部に残弾を撃ち込んでやりたかった。しかし、そうした報復を華奈は喜んでくれるだろうか。そうは思えない。

多門は胸から殺意を追い払った。

しかし、憎悪は燃えくすぶっていた。多門は久慈の腹部に銃弾を沈めた。

「三カ所とも急所じゃねえから、死にゃしないよ。だがな、まだ頑張るつもりなら、今度は急所を狙うぞ」

「好きなとこを撃てばいいさ。おれは殺されたって、クライアントの隠れ家は教えない」

「それじゃ、死んでもらおうか」

「誰も、おれを殺すことはできない」

久慈が気合を発して、自分の舌を嚙み千切った。千切れた肉片を喉に絡ませたのか、すぐに殺し屋はもがき苦しみはじめた。

「おい、詰まらせた物を吐き出せ」

多門は慌てて声をかけた。

久慈はひとしきり目を白黒させていたが、急に動かなくなった。多門は屈《かが》み込んで、久慈の手首を取ってみた。脈動は熄《や》んでいた。

「なんてこった」

多門は、銃把《グリップ》から弾倉《マガジン》を引き抜いた。

残弾は二発だった。マガジンを銃把《グリップ》の中に戻し、サイレンサー・ピストルをベルトの下に差し込む。多門は森下の死体を跨《また》いで、倉庫を出た。焼け爛《ただ》れたワゴン車を十人前後の野次馬が遠巻きに眺めていた。

多門はボルボに歩み寄る。

ドア・ロックを解除したとき、見城から電話がかかってきた。

「ついに時任の潜伏先を突きとめたぜ。大物弁護士は二人の愛人のマンションにいる」

「二人の愛人だって!?　どういうことなんだ？　意味がよくわからねえな」

「時任は、きれいな双児《ふたご》の姉妹を愛人にしてる。同じマンションに住まわせて、３Ｐを娯《たの》しんでるようだぜ」

「とんでもねえ奴だな」

「ああ。その姉妹は鹿内《しかうち》って姓で、姉がすみれで、妹があやめって名だ。二十四歳らしい」

「で、その双児のマンションはどこにあるんだい？」

「大森《おおもり》だよ。大田区山王《さんのう》三丁目××番地にある『山王パークス』の八〇八号室。いま、おれはそのマンションのそばにいる。すぐ山王に来られるか？」

「ああ、行くよ。おれは京浜島にいるんだ」

多門は経過を伝え、運転席に坐った。来た道を逆走しはじめた。

山王三丁目は、目と鼻の先だ。十分足らずで『山王パークス』に着いた。

マンションの斜め前に、見城のＢＭＷが見える。多門は、見城の車の六、七メートル後ろにボルボを駐めた。

二人はすぐにマンションの玄関に向かった。

オートロック・システムではなかった。管理人室もない。多門は見城と勝手にエントランスロビーに足を踏み入れ、エレベーターで八階に上がった。

「宅配便の配達人に化けるか」

八〇八号室に向かいながら、見城が小声で言った。

多門は懐から特殊万能鍵を抓《つま》み出した。見城が低く口笛を吹いた。多門は特殊万能鍵で八〇八号室のドア・ロックを外した。

二人は静かに室内に忍び込んだ。

間取りは2LDKらしい。多門たちは土足で奥に進んだ。

居間に入ると、右手の寝室から淫らな声が洩れてきた。多門は腰の後ろからサイレンサー・ピストルを引き抜き、スライドを滑らせた。

見城がノブをそっと回し、寝室のドアを押し開けた。

クイーンサイズのベッドに時任が仰向けになっていた。素っ裸だった。

愛人のひとりは、時任の股の間にうずくまっている。フェラチオの最中だった。

もうひとりは時任の顔の上に跨《また》がっていた。顔はドアに向けられていたが、彼女は瞼を閉じていた。

色白で、瓜実顔《うりざねがお》だ。美しい双児の姉妹も、むろん一糸もまとっていない。

「真っ昼間から、ずいぶんお盛んじゃねえか」

多門は大声で茶化した。

愛人の姉妹が、ほぼ同時にパトロンから離れた。ワンテンポ遅れて、時任が半身を起こした。

「森下も久慈も、京浜島の倉庫でくたばった。久慈がおれの楯《たて》だった森下をシュートしたんだ。おれは久慈からマカロフPbを奪い取って、何発か見舞ってやった。そしたら、奴はてめえのベロを嚙み千切った。それで、舌の欠片《かけら》を喉に詰まらせたんだよ」

「なんの話をしてるんだね？」

時任が空とぼけた。

「往生際が悪いな。もう何もかもわかってるんだっ。あんたは自分の預金二億円と知り合いから借り集めた三億円をプラスして、何社かのベンチャー企業の未公開株を買った。しかし、それらの会社はすべて計画倒産した。計画倒産を画策したのは、京仁会の若頭補佐の新宮力也って男だ。結局、あんたは五億をまんまと詐取《さしゅ》された」

「まったく身に覚えのない話だね」

「黙って聞きやがれ。あんたは、企業舎弟のボスである新宮を告訴する気だったらしいな。その話は、あんたの姪の梶浦千帆から聞いたんだ。彼女は白瀬の愛人だった。ここまで言っても、まだシラを切る気かい？」

多門は、時任を睨みつけた。

時任は何も答えなかったが、動揺の色は隠しようもない。明らかに狼狽《ろうばい》していた。

「パパ、この二人は何者なの？」

さきほど時任の分身をくわえていた愛人が訊いた。時任は、うっとうしげに顔をしかめただけだった。

「きみは鹿内すみれちゃん？　それとも、妹のあやめちゃんのほうかな」

多門は穏《おだ》やかに問いかけた。

「なんで、わたしたちのことを知ってるの!?」

「おれたちは調査関係の仕事をしてるんだよ。で、きみはどっちなんだ？」

「姉のすみれだけど……」

「二人はそっくりだね。顔だけじゃなく、体型もよく似てる。悪いが、二人は隅の長椅子に移ってもらえないか」

「わかったわ」

すみれが妹のあやめに目配せし、先にベッドを降りた。妹は姉に倣《なら》った。美人双児姉妹が長椅子に並んで腰かけた。

いつの間にか、時任は毛布で下半身を覆《おお》い隠していた。迫《せ》り出した腹が見苦しい。

「話をつづけるぞ。あんたは自分の失敗《ドジ》を晒《さら》したくなくて、告訴を諦めたのか。それとも、新宮に何か弱みを握られたのかい？　どっちなんだっ。多分、後者だろうな」

「…………」

「粘るな。あんたは騙し取られた五億円を何らかの方法で取り戻す気になって、元判事の白瀬を唆《そそのか》し、荒っぽいやり方で銀行やノンバンクの不良担保物件を安値で買い叩き、『キング・シーリング』の日本支社に転売した。取得に必要な金は、あんたが顧問契約を結んでる大企業から脅し取った。もちろん揺さぶりをかけたのは白瀬で、あんたは各社の不正や弱みを提供したに過ぎない。けど、主犯はあんただ」

「話にリアリティーがないんで、怒る気にもならない」

「まだ芝居をうつ気か。じきに化けの皮が剝《は》がれるさ。あんたは白瀬と結託して、せっせとダーティー・ビジネスに励んだ。しかし、ちょっとした油断から事務所の朝倉華奈に不審の念を持たれてしまった。多分、華奈はあんたが白瀬と密談してるところを偶然に見たんだろう。彼女は白瀬を尾行し、デジタルカメラで決定的なシーンを隠し撮りした」

「…………」

「あんたは焦《あせ》って、白瀬に都合の悪い画像の回収を急がせた。けど、なかなかデジカメのSDカードは手に入らなかった。それで不安が募《つの》り、久慈に華奈や木戸を始末させた。こっちが動いてることを知って、あんたは一層、不安になった。だから、久慈におれの命を狙わせた。さらに事件が発覚したときのことを考え、占有屋の岡部や早坂、そして共犯者の白瀬まで葬らせた。どこか間違ってるかっ」

「そういう妄想は、どこから生まれるんだろうね」

時任が鼻先で笑った。

多門はヘッドボードに銃弾をめり込ませた。時任は体を強張《こわば》らせたが、威嚇《いかく》射撃には屈《くっ》しなかった。

「おれに手伝わせてくれ。ちょっといい考えがあるんだ」

見城が多門に言い、美人双児姉妹の前にひざまずいた。すみれとあやめが顔を見合わせ、不安げな顔つきになった。

「3Pの邪魔をして悪かったな。中途半端じゃ気の毒だから、おれが埋め合わせをしてやろう」

見城が両腕を伸ばし、姉妹の乳房を同時にまさぐりはじめた。すみれとあやめは迷惑顔で抗《あらが》った。

だが、一分も経たないうちに二人とも息を弾ませはじめた。喘《あえ》ぎ声は、ほどなく淫蕩《いんとう》な呻き声に変わった。

そんなふうに女を嬲《なぶ》るのはよくない。多門はそう思いながらも、制止の声はかけられなかった。女殺しのフィンガーテクニックをじっくりと見てみたいという気持ちが勝ってしまった。

たからだ。

見城は何か甘く囁き、美しい姉妹に腿《もも》の力を抜かせた。すかさず彼は両手を二人の秘部に這《は》わせ、ベーシストのように長い指を閃《ひらめ》かせはじめた。

すみれとあやめは切なげに眉を寄せ、なまめかしい吐息をついた。息遣いが荒い。

「美人姉妹が極《きわ》みに達したら、パトロンのあんたは屈辱感を味わうことになるだろうな」

多門は時任に言った。

「別に屈辱感など覚えんよ。その二人は所詮《しょせん》、金で手に入れた遊び相手だからな。わたしが飼ってるセックスペットにはたいした価値なんかない。売春婦みたいなもんさ」

「あんた、本気でそんなことを言ってるのかっ」

「もちろん、本気だよ。欲しけりゃ、くれてやってもいい。3Pにも、そろそろ飽《あ》きてきたんでな」

時任が冷然と言い放った。

血が逆流した。多門は銃把の角で、時任の側頭部を強打した。バックハンドだった。骨が鈍い音をたてた。時任がベッドから転げ落ちた。

多門は時任の全身を蹴りまくった。

時任は鼻血で顔面を染め、許しを乞うた。そして、怯《おび》え戦《おのの》いた顔で一連の悪事の首謀者であることを認めた。殺人の実行犯は、やはり殺し屋《プロ》の久慈努《つとむ》だった。

「華奈が隠し撮りした画像は、どこにあった？」

「デジカメは彼女の実家の庭木の下に埋めてあった。数日前に回収して、もう画像は消去済みだ。わたしが大手商社が不正な方法でＯＤＡを東南アジア諸国から吸い上げている証拠書類の写しを白瀬に手渡して、すぐに脅しをかけろとけしかけてる場面を隠し撮りされたんだが……」

「くそったれ！」

多門は時任の口許を蹴った。前歯が四本折れた。時任はむせながら、次々に歯を吐き出した。

見城が立ち上がり、上着のポケットからＩＣレコーダーを掴み出した。

「この録音音声を五億円で譲ってやろう。それから、女性弁護士が撮った写真と動画データも渡してやるよ」

「五億円だって!?」

時任が半身を起こした。口許は血糊で真っ赤だった。声が不明瞭《ふめいりょう》だ。前歯がないせいだろう。

「相棒に五億の小切手を渡した日、あんたに自殺してもらおうか」

多門は時任に言った。

時任がパニックに陥《おちい》り、床を意味もなく這いずり回った。それから彼は何を思ったのか、ベッドの下に落ちていたバスローブのベルトを抓《つま》み上げた。

「そいつで首を吊る気になったのか？　おれに口止め料を払ってからにしてくれよ、自殺するのは」

見城が言った。

時任は何も答えずに、虚《うつ》ろな目で寝室を見回した。次の瞬間、彼はやにわに鹿内すみれに組みつき、彼女の首にバスローブのベルトを手早く巻きつけた。

「拳銃をベッドの上に置け！　さもないと、この女を絞め殺すぞ」

時任が多門に喚《わめ》いた。多門は言われた通りにした。

「おまえは録音音声のメモリーと映像データを出すんだっ」

時任がすみれの首を強く絞めながら、見城に怒鳴った。そのとき、双児の妹のあやめが時任に体当たりした。時任が床に倒れた。

「汚い奴だ」

見城が時任の脇腹に鋭い蹴りを入れた。

時任が唸りながら、五億円のほかに美人姉妹も譲ると口走った。

どこまで見苦しい人間なのか。多門はマカロフPbを掴み上げるなり、最後の一発を時任の腹に撃ち込んだ。時任が唸りながら、四肢を縮めた。

「お姉ちゃん、こいつにおしっこ引っかけてやりなよ」

妹のあやめが時任の両脚を両手で押さえ込んだ。すみれは少しためらったが、時任の顔面に打ち跨がった。性器で鼻と口を塞《ふさ》ぐ恰好だった。

「わたしたち姉妹を娼婦扱いしたこと、絶対に赦《ゆる》せないわ。おしっこ、飲ませてやる！」

「く、苦しい。どけ、どくんだっ」

時任が顔を左右に振り、すみれを払い落とそうとした。しかし、すみれは渾身《こんしん》の力で押さえつけて離れない。

やがて、時任の胸が大きく波打ちはじめた。

「あやめ、どうしよう？　おしっこ、なかなか出ないよ。困ったな」

「お姉ちゃん、下っ腹を強く押してみたら？」

「う、うん。やってみる」

すみれが自分の下腹を両手で圧迫した。それから間もなく、時任が痙攣《けいれん》しはじめた。震えは急に熄《や》んだ。

「もうやめとけ」

多門は双児の姉妹に言って、すみれの腕を取った。すみれが立ち上がると、見城は時任の鼻の下に人差し指を近づけた。

「息をしてない。もう窒息死したようだ」

「死んじまったか」

多門は呟いた。

美しい姉妹は罪の大きさに取り乱した。二人は素肌にバスローブを羽織ると、手を取り合ってベランダに飛び出そうとした。

「二人で飛び降り自殺する気なのか？」

多門は、どちらにともなく言った。すると、姉のすみれが泣きそうな顔を多門に向けてきた。

「そうするしかないでしょ？　だって、パパを窒息死させちゃったんだから」

「おれたちは何も見なかったことにする。時任は押し込み強盗に殺《や》られた。そういうことにすればいいさ」

「そんな嘘、通せるかな？」

「とにかく、死んじゃいけないよ。とことん嘘をつき通すんだ。いいね？」

多門は姉妹に言って、見城に目配せした。

見城がうなずいた。二人は寝室を出て、玄関ホールに向かった。ドア・ノブをハンカチで拭《ぬぐ》い、多門たちは部屋から遠のいた。

マンションの外に出ると、見城がぼやいた。

「五億円をせしめ損《そこな》ったな」

「来週あたり、京都に行こうや。京仁会の新宮力也ってインテリやくざを揺さぶりゃ、いくらか銭になるだろう」

「妙につき合いがいいな。あんた、何を企《たくら》んでるんだ？」

「下心なんか何もねえよ。そっちと組んで、もう少し暴《あば》れてみたいだけだ。どうする？」

「一緒に京都に行こう」

「よし、話は決まりだ！」

二人は掌《てのひら》をぶつけ合い、右と左に別れた。

多門は見城の車が走り去ってから、ボルボＸＣ40のドア・ロックを解いた。そのとき、物陰から杉浦が不意に現われた。

「クマ、おれも京都に連れてってくれや。なんかおいしい話にありつけそうだからな」

「杉さん……」

「時任のことをよく調べ直したら、京仁会の新宮力也のことがわかったんだよ。クマ、返事は？」

「見城に相談してみるよ」

多門は言って、肩を竦《すく》めた。杉浦が、ほくそ笑んだ。悪徳刑事時代の顔つきに戻っていた。

妻の入院費の支払いが大変なのだろう。何かしてあげたい。

多門は杉浦に笑い返した。

二〇〇五年一月　祥伝社文庫刊

光文社文庫

毒《どく》蜜《みつ》 裏《うら》始《し》末《まつ》　決定版

著　者　南《みなみ》　英《ひで》　男《お》

2023年1月20日　初版1刷発行

発行者　三　宅　貴　久
印　刷　堀　内　印　刷
製　本　榎　本　製　本

発行所　株式会社　光　文　社
〒112-8011　東京都文京区音羽1-16-6
電話（03）5395-8149　編　集　部
8116　書籍販売部
8125　業　務　部

落丁本・乱丁本は業務部にご連絡くだされば、お取替えいたします。
ISBN978-4-334-79486-6　Printed in Japan

組版　堀内印刷